조선인의 단카短歌와 하이쿠俳句

# 조선인의 단카短歌와 하이쿠俳句

**엄인경** 편역

**역락**

# 서문

　이 책은 한반도에서 조선인들이 창작한 일본 전통시가인 단카短歌와 하이쿠俳句를 찾아서 원문과 우리말 번역을 함께 제시한 책이다. 사실 조선인에게 친숙하지 않았을 듯한 단카, 하이쿠, 센류川柳와 같은 일본의 전통시가 장르에 조선인 작가가 여럿 있었고 상당수의 작품을 남겼다는 사실은 그리 널리 알려지지 않다.

　그 이유는 다음 몇 가지로 생각해 볼 수 있을 것이다. 첫째, 일본 전통시가 장르는 기본적으로 5·7·5조, 혹은 5·7·5·7·7조라는 정해진 글자수를 지키는 정형시이다. 둘째, 음수율을 지키게 하는 기레지切字, 계절을 약속하여 나타내는 기고季語, 특별한 의미를 갖지는 않되 일정 단어를 이끄는 마쿠라코토바枕詞, 장소와 그에 얽힌 스토리가 연상되는 우타마쿠라歌枕 등 일본 전통시가 장르 특유의 창작 방식과 규약이 있다. 셋째, 한국과 일본 간의 저간의 사정을 감안하면서 우리와 비슷하게 일제강점기를 겪고도 단카나 하이쿠가 지금도 여전히 왕성히 창작되고 있는 타이완臺灣의 경우와 비교할 때, 현재 일본어로 단카, 하이쿠를 창작하는 한국인의 수가 손에 꼽을 정도로 매우 적다.

이러한 이유들은 일본어 문학 및 일본 전통시가에 대한 한국의 이해도를 말해 주는 현주소일 것이다. 어쨌든 이러한 측면들 때문에 일제강점기에 조선인이 고어古語와 문어文語를 많이 구사하는 단카나 하이쿠를 창작했다는 점 역시 생소할 수 있다. 그럼에도 불구하고 이 책이 보여주듯 20세기 전반기 한반도에서는 상당수의 조선인들이 일본어로 단카와 하이쿠를 창작하며 문학 행위에 참가하였다. 전업 문학자가 적은 당시 상황에서 식민지 조선에서 조선인 아마추어들의 일본 전통시가 창작은 지금까지 간과되었으나, 분명 동아시아의 '식민지 일본어 문학' 지형도에서 '이중 언어 문학'의 중요한 한 축을 차지하는 고려 대상이다.

이 책의 편역 과정에서 가장 어려웠던 점은 단카와 하이쿠를 창작한 인명만으로 일본인인지 조선인인지 특정하기 힘든 케이스였는데, 전기적 사실이 분명하고 이름 난 문인들이 극소수였고 특히 하이쿠에서는 호號의 사용이 많아 더욱 그러했다. 예를 들어 임규목林圭木의 경우는 하야시 게이키라는 일본인일 가능성도 있어 고민했으나 이름 띄어쓰기의 특징과 규칙 등을 고려하여 수록하였으며, 리우

시李雨子는 일본어 음독이 같은 '李雨史'로 표기된 경우도 있어 일본인의 하이쿠 호俳号로 판단하여 수록하지 않았다. 그리고 수많은 단카와 하이쿠 작품을 번역하며 일일이 저작권의 허락을 받을 엄두를 내지 못하였으나, 차후 이에 관한 문의와 요청이 있을 시에는 성실히 임하고자 한다.

『조선인의 단카短歌와 하이쿠俳句』는 일제강점기 식민지 조선에서 조선인이 일본어 문학, 그것도 일본 고유의 전통시가에 참여한 양상을 보여주는 중요한 자료이다. 일제강점기 조선인으로서 일본어로 문학에 참여한 궤적에 관심을 가진 독자들께 도움이 되기를 간절히 바라는 바이다. 마지막으로 이 책의 출간을 흔쾌히 허락해 주신 역락 이대현 사장님과 보기 좋은 형태로 편집해 주신 권분옥 편집장께 심심한 감사의 말씀을 전한다.

2016년 3월
엄인경

## 차례

## 일러두기

1. 번역의 대상으로 삼은 단카短歌와 하이쿠俳句는 일제강점기 한반도에서 간행된 단카와 하이쿠 전문 잡지 및 작품집에서 조선인이 창작한 것을 선별하여 수합한 것이며, 당시 원문의 한자 표기를 그대로 사용하였다.
2. 각 단카와 하이쿠 원문의 출처는 서명(잡지명), 발행소, 발행년도의 순으로 본문에서 제시하였으며 권말에 목록 일람을 정리해 두었다.
3. 모든 각주는 역자에 의한 것이다.
4. 원문에서 발견된 오식 및 오탈자는 역자가 임의로 수정 보완하였다.
5. 일본 인명, 지명 등의 고유명사 표기는 교육부 고시에 따른 외래어 표기법에 준한다.
6. 일본 고유의 정형시이므로 음수율을 깬 구어체 신新단카나 신흥新興 하이쿠 외에 단카는 5·7·5·7·7조, 하이쿠의 경우는 되도록 5·7·5조에 맞추어 해석하였다.

단카

短歌

短歌

# 강석신 姜錫信


유빙을 깨고 앞으로 나아가는 나룻배 새로 둑을 쌓은 마을은 겨울이 아직 얕아.

流氷をわけ進むなる渡船新坂の里は冬淺くして


산자락에서 정상까지는 멀고 탄 나무밑동 눈이 쌓인 밭에는 까치 울고 있구나.

麓より頂とほく燒株の雪つむ畑にかちの鳴くなる


철조망 두른 지주에 눈보라가 불어 닥쳐서 심삽도[1] 골 어두워 꼭 죽은 것 같구나.

鐵條網の支柱に雪の吹きつけて十三道溝くれて死のごとし

—『朝鮮風土歌集』市山盛雄編 朝鮮公論社 1934.


---

1) 1896년 고종(高宗) 때 조선을 전라남·북도, 충청남·북도, 경상남·북도, 경기도, 강원도, 황해도, 평안남·북도, 함경남·북도의 열세 도로 나누어 둔 것.

# 권영수權寧壽

쾌청한 가을 첫 이삭 깔아 말린 마당 언저리 창문의 장지문을 새로 발라 바꿨네.

秋晴れてはつ穗しきほすさ庭べに窓の障子を張りかへにけり

―『新羅野』第一卷第九號 新羅野社 1929.10.

정처도 없이 갔다가 돌아왔다 시골 길에서 달빛에 풀이 죽어 고향을 그리누나.

あてもなく往きつ戻りつ田舍路を月にうらぶれ故郷戀ひて

―『新羅野』第一卷第十號 新羅野社 1929.11.

내가 올라탄 기차는 어둠 속의 계곡 사이를 숨소리 가쁘게도 달려가고 있구나.(추풍령에서)

吾乘りし汽車は闇の谿あひを息もせはしく走り居りけり(秋風嶺にて)

그리워하던 강물아 등불들아 내가 고향에 이렇게 돌아온 게 몇 해 만인가 한다.

なつかしき川よ燈<sup>あかり</sup>よ故郷に歸り來りしは幾歲ぶりぞ

아침저녁을 그리워하던 내 집 문 앞에 서서 너무 조용함에도 주
저하게 되누나.(집의 사람들은 모두 잠들어 고요하다)

明け暮れに慕ひし家の門に立ちしづかなるにもためらひにけり(家人はねしづまる)


나 맞아주는 우리 할머님께서 눈동자 가득 이슬을 품으시고 이야
기를 하시네.

吾を迎へ吾が祖母はみひとみに露を宿して話し給ひぬ


보면 볼수록 빨갛게 변해가는 감나무 잎이 마치 불타는 듯한 가
을의 해질 무렵.

見る程に赤くなりゆく柿の葉の燃えるが如し秋の夕暮


아침 이른데 잠자리를 벗어나 창문을 여니 깊고 짙은 안개가 얼
굴에 닿는구나.

朝まだき床をはなれて窓あくれば深きさ霧の顔にかかれる

―『新羅野』第一卷第十一號 新羅野社 1929.12.

# 김명홍金明弘

계곡 사이의 깊이 우거진 숲을 그리워하며 쉬자니 산비둘기 소리
가 들리누나.

谷あひの森の茂みをなつかしみやすらひ居れば山鳩聞ゆ

내게 달려와 인사를 하는구나 숨이 차도록 쫓아가던 공까지 내던
진 아이들이.

走り來ておじきしにけり懸命に追ひ居しボールうちすてし教子らは

가지가지의 갖고 싶은 서적들 많기도 하여 나의 빈곤한 신세 탓
하게 되는구나.

とりどりの持ちたき書籍多くして身の貧しさをかこちぬわれは

근무처에서 집으로 와서 보니 병든 아내는 더러워진 옷깃을 빨래
하고 있었네.

勤めより歸りて見れば病妻は汚れしカラを洗ひゐにけり

맑은 날들 뒤 비가 흠뻑 내리니 마당 끝 쪽의 넘칠 듯한 콩 줄기
싹을 틔우는구나.

日ならべて雨降りたれば庭先のこぼれ大豆は芽をふきにけり

글자가 빠진 채의 어떤 친구의 엽서를 보니 첫 번째 입선 때의 모습이 떠오르네.

落し字のままある友が<ruby>葉書<rt>ふみ</rt></ruby>見れば初入選の姿浮ぶも

—『新羅野』第二卷第七號 新羅野社 1930. 7.

# 김서규 金瑞奎

● 흰 국화百菊

색깔 곱게도 아침 해가 비추는 언덕 밭에는 닭들이 무리지어 사이좋게 노닌다.

鮮かに旭照りさす丘畠に鶏打群れて仲よく遊ぶ


온화한 아침 햇빛이 비쳐 들어 뿌예 보이는 버드나무 그늘에 휘파람새 우누나.

なごやかに朝日の光さしよどむ柳のかげにうぐひす鳴けり


비가 개이고 햇살은 상쾌하게 밝아졌구나 집의 유리창들이 빛을 머금고 있어.

雨晴れて日は爽やかに明けにけり家の硝子に光たたへて


무리지어 핀 흰 국화가 향기를 뿜어내는데 나비 한 마리 훨훨 노닐고 있는 모습.

むら咲ける白菊の香を放てるに胡蝶が一つ戯れて居り


비가 개이고 어슴푸레 달이 뜬 밤이 되었네 널따란 논 속에서 개구리 울어대고.

雨晴れて朧月夜となりにけり廣田の蛙鳴き立ちにつつ

산자락에는 가득 핀 메밀꽃밭 그 고요함 속 귀뚜라미가 울며 아침이 환해지네.

山裾の蕎麥咲く畑の静けさにこほろぎ鳴きて朝朗らなり

산자락에 핀 들국화도 오늘은 아침 서리에 시들었는데 나는 새는 까치겠구나.

山裾の野菊も今朝は霜枯れて飛べる鳥あり鵲ならむ

고개 몇 개를 넘어가 십리 되는 산속 길에서 장작을 줍는 아이 춥기도 할 터인데.

峠いくつ越へて十里の山道に薪とる童は寒からむものを

대한이 되어 추위는 점점 더 심해지는데 그래도 버드나무 꼿꼿이 서 있구나.

大寒となりて寒さのいよいよに烈しきままに柳立ちにけり

소나무 장식 서리 하얗게 내려 얼어붙은 땅 커다란 아침 해의 빛으로 물이 드네.

門松に霜白うして凍土に大き朝日の光そめけり

살인 저지른 피고라도 검사의 논고에 결국 눈물을 쏟고 마네 슬프기도 하구나.(법정 잡관)

殺人の被告も檢事の論告に涙こぼせるあはれなるかな(法廷雜觀)

담배를 피니 같이 피고 싶어한 피의자에게 야단은 치면서도 슬픔 억누르노라.(잡영)

煙草吸へば慾しがる被疑者叱りつつものの哀れをわがとめにけり(雜詠)


이렇게 깊은 밤 꿈에서 깨어나 유리창 너머 침상에서 보노니 달빛 맑기도 하다.

此の深夜夢に眼覺めて硝子越しに床より見れば月澄みにけり


달이 높게 뜬 마을의 깊은 밤에 방울소리를 울려가면서 말이 서둘러 가는구나.

月高き町の深夜に鈴音を響かして馬は急ぐなりけり


세상 이치를 잘 깨우치는 아이 이렇게 추운 밤에 기쁜 맘으로 내가 가르치노라.

ことわりのよくわかる兒や寒き夜を心うれしく我が教へゐる


출근할 준비 마치고 마음 편히 아침밥 먹기 기다리는 사이에 편지 읽고 있었네.

出勤の支度終りて氣は安く飯待つ間をば文よみにけり


눈 담은 바람 강하게 창을 치는 달이 뜬 밤에 축음기 소리 들려 이웃집으로부터.

雪風の強く窓打つ月の夜に蓄音機がなる隣り家より

―『朝鮮歌集』三井實雄編 朝鮮歌話會 1934.

# 김석후金錫厚

● 소와 아이牛と童兒

아침 이슬에 무릎까지 적셨네 풀 뜯어 먹는 소의 등 위에서는 아이 졸고 있는 듯.

朝露に膝まで濡らし草を食む牛の背の上に童ら眠るらし

반짝거리며 푸른 잎이 빛나는 정오 지난 때 고요함을 깨면서 송아지 울어대네.

かがやきて青葉の光る午下り静けさを破り仔牛鳴きたり

녹색이 짙은 산자락에서 오는 모양이구나 소의 방울 소리가 멀리서 들려온다.

緑濃き山の麓を來るらしき牛の鈴の音遠くきこゆる

여름의 밤중 마당에 나와 앉아 더위 식히며 맷돌이 돌아가는 소리 듣고 있었네.

夏の宵庭に涼みつ碾臼のまはれる音を聞きゐたりけり

밤이 새도록 빨래방망이 소리 들려오누나 장맛비 이제 개인 마을 앞 냇가에서.

ひねもすを洗濯棒の音聞ゆ霖雨霽れたる前の川より

어제 보았던 참나리 봉오리가 밤사이 내린 빗물을 머금고서 청아하게 피었네.

昨日見し鬼百合の蕾夜の雨に雫をもちてすがしく咲けり


아직 여명이 밝지 않은 아침의 공기 흔들며 조를 베는 낫질의 소리가 들려온다.

未だ明けぬ朝の空氣をふるはして粟刈る鎌の音がきこゆる


끝에 다다라 한숨 돌리는 마을 마당 나무 밑 닭이 길게 울어서 정오를 알리누나.

行きつきて憩ふ部落の庭木かげ鶏長鳴きて午を告ぐるも


돌로 된 담의 위쪽을 덮고 있는 검은 기와가 내리는 보슬비로 빛을 내고 있구나.

石垣の上を蔽し黒瓦そぼふる雨に光放つも


하루 또 하루 황폐해가는 마당 달리아꽃만 붉은 색 생생하게 눈앞에 다가온다.

日一日荒れ行く庭にダリヤのみ紅いきいきと目にせまるなり


자기 자식과 서로 말다툼하고 집 나온 할미 가엽기도 하구나 공간을 찾고 있네.

おのが子と言ひ爭ひて家を出し嫗はあはれ空間さがせる

호리병박의 둥글고 하얀 열매 뒹굴고 있는 초가집 지붕에는 붉은 고추 말리네.

瓠の圓白き實のころがれる藁家に赤く唐辛干す

해를 넘겨온 초가로 이은 지붕 늘어져 자란 고드름은 지붕의 색으로 물이 드네.

年を經し茅葺の屋根に垂れ下る氷柱は屋根のいろにそまれり

—『歌集朝鮮』道久良編 眞人社 1937.

건너다 보면 멀리 이어져 있는 여러 산들은 안개에 떠 있구나 섬이라도 되는 양.

見渡せば遠く連なる諸山は靄に浮べり島のごとくに

반짝거리며 푸른 잎 무성하네 정오 지나서 적막함 깨면서 송아지가 우누나.

かがやかに青葉繁みける午下り静けさ破り仔牛鳴きけり

아침 안개에 무릎까지 적시고 풀 뜯어먹는 소의 등 위에서는 아이들 조는 모양.

朝霧に膝までぬらし草を食む牛の背の上にこら眠るらし

—『眞人』第十四卷第七號 眞人社 1936. 7.

어버이 뼈를 강가에 묻어두고 비올 때마다 걱정하는 청개구리 가 엽기도 하구나.

親の骸川端に埋めて雨毎に氣遣ふ雨蛙あわれなり

꽈리 작은 꽃 하얗고 다소곳이 핀 그 그늘에 개구리 뛰어들어 흔들리고 있다네.

ホホヅキの白き內氣な小さき花蔭に蛙の飛びてさゆらぎにけり

나의 모습을 보고 재빠르게도 숨어들어간 작은 게는 구멍을 잘못 찾아갔구나.

我が姿見てすばやくも逃げ込みし小蟹は穴を違へざりけり

비가 개이고 여름 밤 들어갈 때 부는 바람이 나뭇가지 건너는 소리 방에서 듣네.

雨霽れし夏の宵口を吹く風の梢渡るを部屋にききゐつ

관중석에서 소리 하나 안 나네 스크린에서 죽은 사람을 안는 장면이 나오니까.

觀衆に聲一つ無しスクリンに死人を抱く場面となりしに

오래간만에 평양으로 와서는 삼 년 전까지 내가 일을 했었던 도서관을 찾았다.

久々に平壤へ來て三歲前己が勤めし図書館を訪ふ

찾아갔지만 너무도 쓸쓸하네 있는 직원들 대부분의 사람이 모르는 얼굴이라.

訪ひしかどあまりにさみし職員のそのおほかたは知らぬ顔にて


더할 수 없이 쓸쓸한 느낌 들어 나는 떠나네 이럴 줄 알았다면 찾아오지 말 것을.

限り無き淋しき覺え我は去るも斯くと知りなば訪はざりにしを

—『眞人』第十四卷第八號 眞人社 1936. 8.


녹음이 짙은 산자락 저 멀리서 울려 들리는 딸랑딸랑 방울은 소가 있어서겠지.

綠濃き山裾遠く響き來るりんりん鈴は牛のゐるらん


아이들 모두 말하며 집에 가네 "그럼 안녕히" 평소와는 다르게 여름방학 들어가.

兒童等皆が言ひて歸りぬサヨーナラ何時もと違ひて夏休みかな


밤이 될 무렵 마당에서 더위를 식히며 맷돌 소리 듣고 있자니 어쩐지 그윽하다.

宵の口を庭に涼みつ挽臼の響くを聞くはゆかしかりけり


밤이 새도록 빨래방망이 소리 들려오누나 장맛비가 개인 후 마당 앞의 개울에.

ひねもすを洗濯棒の晉聞ゆ霖雨晴れし庭前の川

어제까지는 봉오리던 참나리 밤 내린 비에 깨끗하게 피어서 빗방울 떨어뜨려.

昨の日の蕾のおにゆり夜の雨に清く開きて雫たれゐつ

—『眞人』第十四卷第九號 眞人社 1936. 9.


아직 동 트지 않은 아침 공기를 진동시키며 조를 베는 소리에 산밭은 바쁘구나.

未だ明けぬ朝の空氣ふるはして粟刈る音に山田忙はしも


졸졸 물소리 울려서 들려오는 냇가에 자란 조의 이삭 끝들이 이슬에 젖어 있네.

淙々と響き聞こゆる川の邊に粟の穗先は露にぬれゐる


끝에 다다라 한숨 돌리는 마을 마당 나무 밑 닭이 길게 울어서 정오를 알리누나.

行きつきて憩ふ部落の庭木かげ鷄長鳴きて午を告ぐるも


딸그락 떨꺽 수레가 삐걱대는 소리 바쁘네 아침 이슬 머금은 길가의 집들에서.

カラコロと車の軋る音ぞせはし朝露罩めし路邊の宿に

—『眞人』第十四卷第十號 眞人社 1936. 10.

저녁 알리며 길게 우는 닭 소리 공허해 단카短歌 초고草稿에 고심하네 이 날 하루 동안을.

夕告げの長鳴き鷄もうつろにて歌稿に苦しむこの一日を


돌로 된 담의 위쪽을 덮고 있는 검은 기와가 내리는 보슬비로 빛을 내고 있구나.

石垣の上を蔽し黑瓦そぼふる雨に光放つも


여든 가까운 할머니의 몸 이제 쇠약해져서 굽은 허리로 걷는 것도 서글퍼 보여.

八十近き祖母のからだの衰へて腰曲げ步むもまがなしと思ふ

—『眞人』第十四卷第十一號 眞人社 1936. 11.


하루 또 하루 황폐해가는 마당 달리아꽃만 붉은 색 생생하게 눈앞에 다가온다.

日一日荒れ行く庭にダリヤのみ紅いきいきと目にせまるなり


자기 자식과 서로 말다툼하고 집 나온 할미 가엽기도 하구나 공간을 찾고 있네.

己が子と言ひ爭ひて家を出し媼媼はあはれ空間探せる


연민이 이는 집으로 이사를 간 가출 할머니 얼마 지나지 않아 할아범도 옮겨 가.

憐れなる家に引越す家出婆間もなく翁も移り來にけり

—『眞人』第十四卷第十二號 眞人社 1936. 12.

떨어져 깔린 낙엽들을 날리는 저녁 바람에 모이를 쪼는 닭의 깃털 거꾸로 서네.

散りしきし落葉を飛ばす夕風に餌を漁る鶏の羽毛逆立つも

직원록 안을 들여다보며 나는 떠올리노라 헤어진 지 삼 년에 스승이 된 친구를.

職員録見入りつつ我は憶ひけり別れて三歳師となりし友を

늦가을 비가 우박으로 내리자 아이들 모두 신나 펄쩍대면서 젖은 채 줍는구나.

秋時雨雹になりしを兒等は皆喜びはしやぎて濡れつ拾ふも

늦가을 비가 그치고 빛이 나는 햇살에 눈이 부신 듯 바라보는 뿌연 연기의 뒷산.

秋時雨止みて輝く陽光にまぶしく眺む煙る後山

—『眞人』第十五卷第一號 眞人社 1937. 1.

몇 번씩이나 되풀이 가르쳐도 모르는 아이 야단쳐서 풀죽은 모습 보며 후회해.

幾度を教へ返すも解せぬ兒を叱りてしをるる姿見て悔ゆ

밤이 새도록 램프를 둘러싸고 내 이야기를 귀 기울여 들으며 노력하는 아이들.

終夜をランプ囲みて我言葉に聞き入りにつつ勵むよ兒等は

상처 잘 받는 동심을 갉아먹는 입시제도라 유형을 바꾼다고 아나
운서 말한다.

<sup>いたいけ</sup>
傷氣な童心蝕む入試なれば模様かへるとアナウンスは言ふ


동이 틀 무렵 조용함을 깨고서 맑고 청아한 크리스마스 노래 잠
자리에서 듣네.

曉の靜けさ破り冴え冴えとクリスマス歌を寢床にぞ聞く


절절하게도 마음속에 들어와 여운을 주네 잠자리에서 듣는 크리
스마스 노래.

しみじみと心に沁みて餘韻あり寢床聞きしクリスマス歌は

—『眞人』第十五巻第二號 眞人社 1937. 2.


겨울 밤중에 조용히 단카 창작 젖어 있으니 밤 깊어 바람 일고 상
처 울게 만드네.

冬の夜を靜かに歌作に耽けをれば更けて風立ち疵鳴らせり


밤이 새도록 봉당에서 쓸쓸히 계속 울어댄 귀뚜라미 목숨도 이제
꺼지겠구나.

夜すがらに土間に淋しく啼き通す蟋蟀の命もほのかなるべし


이따금씩은 움직이던 그 손을 쉬고 입에 대 따뜻하게 만드네 눈
을 쓸던 사람이.

時折りに其の手を休め口に寄せ温めてゐたり雪かきの人

마른 나무 숲 하이얀 설원 안에 두꺼운 줄기 추운 듯이 서 있는 위로 까치가 나네.

枯木立雪原中に幹太く寒々と立つ上に鵲の飛ぶ

—『眞人』第十五巻第三號 眞人社 1937. 3.


멀리 쳐다본 저 건너편의 산에 응달의 눈이 얼룩얼룩해지며 봄으로 들어간다.

打眺む向ひの山の日陰雪斑になりて春立ちにけり


새해를 즐길 시기가 지났는데 나는 조카가 졸라대는 바람에 연을 만들고 있네.

正月を樂しむ時機の過ぎし我甥のせがみにつくる凧かな

—『眞人』第十五巻第四號 眞人社 1937. 4.


출발한 버스 쫓아 달려오면서 눈물 머금은 어머니 보노라니 내 눈물 떨어지네.

發つバスを追ひ駈け來つつ涙ぐむ母を見やれば涙落ち來し


아주 느리게 기선이 지금 부산항 출발하였다 갑판에 일어선 채 고국을 바라본다.

緩やかに汽船今發ちぬ釜山港デッキに立ちて故國眺めぬ

스쿠류 도는 소리 늘으며 보네 갑판 위에서 붉은 저녁햇살이 바다에 떨어짐을.

スクリユウの音ききつ見る甲板に赤き夕日の海に落つるを

지나쳐 가는 기차가 창문 너머 자라난 푸른 대나무 덤불위로 봄햇살 비추누나.

過ぎて行く汽車の窓越し伸びし青竹藪に春日照るなり

여덟 해 만에 마주하게 된 형은 나의 모습을 유심히 들여다보고 고개를 끄덕이네.

八歳振り相見る兄は己が姿をつくづく見入りつ肯きにけり

고국 사람이 나쁜 짓을 했다고 적혀져 있는 석간을 보니 마음이 답답하다.

故國の者惡事をせしと書かれたる夕刊を見て心淋しも

아직 만나지 못한 선생님이 된 자네 찾아서 초행길 물어 헤매 도착하니 없구나.

未だ見ぬ師の君訪ね知らぬ道問ひつ迷ひつ着くや留守なり

삼형제 모두 손에서 떠나보낸 나의 어머니 밤마다 걱정되어 마음이 괴롭도다.

三兄弟皆離せし己が母夜毎慮はれ心苦しも

―『眞人』第十五巻第六號 眞人社 1937. 6.

추적추적 비 내려 그치지 않고 한밤의 침상 눈 수레 울림소리 멀리서 들려오네.

しとしとと雨降り止まず夜半の床雪車の響きはろかに聞ゆも


고향에서는 오늘밤도 쓸쓸히 어머니께서 나를 걱정하시며 잠 깨어 계시겠지.

故郷に今夜も淋しく母人は我を慮ひつめざめゐまさむ

―『眞人』第十五卷第七號 眞人社 1937. 7.


살구열매가 노랗게 익은 것을 따실 때마다 고향마을 어머니 내 생각하시겠지.

杏の實黄色く熟れしを採る度に郷里の母人己をぞ思はん


저녁에 쉬다 툇마루에 내려와 서서 약간의 나무 심은 뜰 보며 고향마을 떠올려.

夕涼み縁を下り立ちいささかの植込見つつ郷里を憶へり


참지 못하고 잠 오는 것 깨려고 마당에 나가 하늘 올려다보니 별 하나가 흐른다.

耐へ得で睡氣さましに庭に出で空を仰げば星一つ流れぬ

―『眞人』第十五卷第九號 眞人社 1937. 9.

서리가 하얀 아침의 논두렁을 여러 농부들 새끼돼지 메고서 시장에 가는 모양.

霜白き朝の畦道を百姓等の仔豚背負ひて市に行くらし

차분히 앉아 다시 상경하겠다 어머니에게 털어놓은 그 밤에 바람은 강했었지.

しんみりと再上京を母人に打明くる夜の風の強さよ

더운 물 끓는 소리만이 들리고 좁은 방안의 램프 불 아래에서 단카 연습을 하네.

たぎる湯の音ばかりして狭き部屋ランプの下に歌作練りつつ

혼자 잠이든 방에서 한밤중에 퍼뜩 깨어나 밤의 쓸쓸한 모습 떠올려 번민했네.

獨り寢の部屋に眞夜を目覺めゐて宵の姿を思ひ惱みし

— 『眞人』第十七巻第一號 眞人社 1939. 1.


몹시도 맑은 밤하늘에 저 멀리 개 짖는 소리 뽀드득한 눈길을 잠자코 걷고 있네.

さえざえと夜空に遠く狗の聲軋む雪路を默し步むも

문득 올려 본 포플러 나뭇가지 낙엽이 지고 까치의 둥지 하나 회색 하늘에 보여.

不圖見上ぐるポプラの梢落葉して鵲の巣一つ灰色の空

혼자 생활에 체념했던 사랑을 문득 떠올려 쓸쓸하게 오늘밤 귀뚜라미 소리 듣네.

獨居に諦めし戀不圖憶ひさみしく此の夜蟋蟀をきく

체념했었던 그대라 생각해도 오늘밤 다시 귀뚜라미 소리를 들으니 그립구나.

諦めし君にしあるを今宵亦蟋蟀きけば戀しかりける

—『眞人』第十七卷第二號 眞人社 1939. 2.


부모님 슬하 멀리도 떨어져서 이 집에 들기 애쓰며 허락받는 아이 몹시 가엽다.

親許を遠くはなれてこの家に入許に勵む兒いとどあはれに

잎이 모조리 떨어져버린 나무 가지들 사이 까치의 둥지 하나 쓸쓸히 걸려 있네.

悉く落葉せる木の枝の間に鵲の巢一つかかる淋しも

눈이 녹다 만 잔디밭에 아이들 붙인 들불이 쓸쓸하게 서서히 타오르고 있구나.

雪融けの芝生に兒等がつけし野火淋しく徐々に燃えてゐにけり

고노에近衛 수상2) 사직 소식의 신문 손에 들고서 라디오로 익숙한 그 목소리 떠올라.

近衛首相辭職の新聞手に致しラヂオでなれし澁聲を憶ふ


자기 자식을 상대로 하루 종일 별 말도 없이 가마니 짜는 노인 부족함 없어 보여.

己が子を相手に終日默々と叺織る古老の不足なげなる


쌓여만 가는 가마니 산더미를 바라보면서 노인의 얼굴에는 자랑스러운 표정.

積まれ行く叺の山を打眺め古老の顔の誇らしげなる

―『眞人』第十七卷第三號 眞人社 1939. 3.


나라시노習志野3)는 가을비에 저물고 소리도 없이 깊어가는 한밤중 순시를 하고 있다.

習志野は時雨に暮れて音もなく更け行く眞夜を巡視してゐつ


함석 지붕의 병사에 누워서는 잠들지 못한 가을날 기나긴 밤 비가 되어 버렸네.

トタン屋根の兵舍に寢ねて寢付かれぬ秋の長夜を雨となりたり


---

2) 고노에 후미마로(近衛文麿, 1891~1945년). 도쿄에서 출생한 일본의 정치가. 1937년 내각을 조직하여 중일전쟁에 돌입하고 제3차 내각에서는 도조 히데키(東條英機)와의 대립으로 총사직. 전범으로 지명됨.
3) 지바 현(千葉縣) 북서부에 있는 지명.

한 번 요란히 가을벌레들 울고 밤의 장막이 다가오는 풀밭을 말 없이 걷고 있네.

ーしきり秋蟲啼きて夜のとばり迫る草原默し步むも


고민의 끝에 취직을 하겠노라 결정한 밤에 마음 편안도 했고 마음 쓸쓸도 했다.

悶えぬき就職せんと定めし夜は心安けく心淋しかり


생활을 가장 근본으로 하려던 나는 마침내 마음 정했노라 망설임의 끝에서.

生活を一義にせんとわれ遂に心を定めぬ逃ひのあげく


될 대로 되어 버려라 하는 심정 나는 마침내 스스로의 장래를 생각지 않게 됐네.

なる様になりてしまへとわれ遂に己が將來想はずなりぬ


홀로 지내는 방에서 한밤중에 앓아 누워서 가을비 소리 듣자 어머니 그리운 날.

獨居の部屋に眞夜を病み臥せて時雨聞きゐつ母戀し日よ

ー『眞人』第十七卷第十一號 眞人社 1939. 11.


아이를 업고 기차에 치어 죽은 여인 있었네 가을바람이 부는 산촌의 저녁 무렵.

吾子を負ひ汽車に繋かれし女あり秋風の吹く山里の暮

늙은 교사가 강의를 하던 중에 기침을 하고 눈물 흘리는 것도 슬프다 생각드네.

老教師講義の最中咳せきて涙こぼすをまがなしと思ふ


● 가을 소풍 秋季遠足

달려 나가는 전차의 창문 넘어 계속 이어진 누렇게 물든 논에 가을 해 비치누나.

馳せて行く電車の窓越しに打續く色づきし稲田に秋陽照るなり


일대에 온통 베어서 건조되는 볏다발들이 직선으로 늘어서 이어지고 이어져.

一面に刈りて干されし稲束の眞直に並ぶが續き續けり


내린 이슬에 축축하게 젖어서 검은 색으로 이어지는 밭에서 보리 푸르게 보여.

しつとりと露に濕りて黑々と續く畑に麥靑く見ゆ

―『眞人』第十七卷第十二號 眞人社 1939. 12.

# 김응희金應熙

강을 건너는 나룻배 기슭에서 흰 배 보이고 압록강은 얼음에 가
로막혀 있구나.

渡船は岸邊に白き腹をみせてありなれは氷にとざされてをり

—『朝鮮風土歌集』市山盛雄編 朝鮮公論社 1934.

# 김인애 金仁愛

밝고 화창한 봄의 햇살을 받고 아가씨들은 물 흐르는 냇가에 봄
나물을 뜯누나.

麗らかな春日をあびて乙女らは川のほとりに若菜を摘めり


나무 우듬지 통해서 보이는 저녁노을의 진홍빛 하늘에는 구름이
하나 있다.

木の梢をとほして見ゆる夕燒の眞紅の空に雲一つあり


인적이 없는 책상 위에 꽂꽂이 해 놓은 꽃은 흐릿하게 향기를 감
돌게 하고 있네.

人氣なき机の上に挿されある花はほのかに香を漂はす

—『國民詩歌』十月號 道久良編 國民詩歌發行所 1941. 10.


오동나무 잎 바짝 말라 떨어진 소리에마저 가을의 그 깊이를 생
각하면서 있노라.

桐の葉のす枯れて落つる音にさへ秋の深さを思ひつつをり


글을 읽어서 피로해진 두 눈을 잠시 동안은 감고 있던 일순간 이
고요함이라니.

文よみてつかれたる眼を暫くはとぢし一瞬この静かさや

마을 모퉁이 군고구마를 굽는 냄새가 나고 겨울은 마침내 가까이
에 왔구나.

町かどに燒薯をやくにほひして冬は漸く近づきにけり

―『國民詩歌』 十二月號 道久良編 國民詩歌發行所 1941. 12.


깃발의 파도 거리에 넘쳐나는 오늘의 해를 전장에도 울려라 만세
를 외쳤도다.

旗の波町にあふるる今日の日を戰地にひびけと萬歲叫びぬ


환희에 뛰는 마음 눌러가면서 편지를 썼네 싱가폴이 드디어 함락
됐다는 내용.

喜びの胸おさへつゝ文書きぬシンガポールは陷落せりと

―『國民詩歌集』 道久良編 國民詩歌發行所 1942. 3.

# 김정록 金正祿

그대가 있는 것이 내가 사는 바람과 뜻을 불태워 주는 것이다.

貴女のをることが私が生きる願志を燃やしてくれるのだ


약에 정나미 떨어진 어머니, 몹시도 만나고 싶어 하는 시집 간 누이.

藥に愛憎をすかした母、しきりと逢ひたかる嫁先の姉


깜박거리는 헤드라이트 같은 어머니 병환이다, 명암 갈리는 한 줄기 믿음.

明滅するヘツトライトのやうな母の病だ、明暗の一條のたのみ


될 대로 되는 수밖에 없다는 이 부질없는 말에 의지하려고 하는 나.

なるがままにしかならぬこの頼りない言葉に頼らうとする私


친누나가 이웃이 되는 아무래도 친하게 지내기 어려운 슬픔.

肉親の姉が隣人となるどうしても親しめない悲しさ


십 년 만에 대면한 병든 어머니와 딸, 아무 말 못한 채 눈동자 가득 눈물.

十年振りの對面病母と娘、だまつたまま瞳一ぱいの涙

빈약한 생활 위에 차곡차곡 접힌 중압의 습성, 나를 벙어리로 만든다.

細い生活の上に折りたたまれる重壓の習性、私を啞にする


이 생명을 다 태워버릴지라도 그대 사랑하는 의지를 지금도 말 못하고 있는 나.

この命燒きつくしても貴女を愛する意志を今も話さずゐる私


수확기에 좁쌀도 못 먹는 농부들 기아부대가 되어 만주로 만주로 흘러간다.

收穫期に粟も食へない農夫ら飢餓隊となり滿洲へ滿洲へ流れる


어디까지고 쓸쓸한 폐허의 흔적, 한 잎 내 뺨에 닿아 계절의 감상이 된다.

どこまでも寂しい廢址、落葉吾が頰に触れ季節の感傷となる

─『歌林』第二卷第一號 小西善三編 朝鮮新短歌協會 1934. 12.

# 김찬영金燦永

언덕의 밭에 파 잎들마다 있는 하루살이와 잠자리 날게 하는 노
을이 지고 있네.

丘畑の葱の葉毎に蜻蛉ゐてとんぼ動かす夕やけにけり

—『朝鮮風土歌集』市山盛雄編 朝鮮公論社 1934.

# 김추실金秋實

천황의 군대 전송하는 이 마음 두근거림에 역에서 하룻밤을 서서
밝히고 있네.

　皇軍を見送る心うれしさに驛に一夜を立ち明し居り


충성심으로 타올라 불을 뿜는 이 밤 그대의 이야기 소리에서 두
근거림 느끼네.(고사카 사다오小坂貞雄[4] 씨의 전황 보고)

　忠誠に燃えて火を吐く此の宵の君の語りに高鳴りおぼゆ(小坂貞雄氏の戰況報告)


들으면 그저 눈물만 떨어지는 전황을 목소리가 쉬도록 그대 이야
기하네.

　聞けばただ涙こぼるる戰況を聲をからして君語り居り


몹시 춥게도 바람 불어 닥치는 밤늦은 때에 타이위안太原[5] 함락의
뉴스를 듣고 있다.

　寒々と風吹き募る小夜更けに太原陷落のニュース聞きをり


---

4) 고사카 사다오(小阪貞雄, 생몰년 미상). 1930년대부터 1940년대까지 『조선신문(朝鮮
新聞)』을 기반으로 활동한 언론인. 외보(外報) 부장 등을 지냄. 경성제국대학 프랑스
어 강사인 에밀 마르텔의 조선 추억담을 편찬한 저서 『외국인이 본 조선 외교비화
(外人の觀たる朝鮮外交秘話)』(1934년)라는 저술이 있음.
5) 중국 산시성(山西省)의 성도

나라 지키는 병사가 되고 싶은 나의 바람을 아침이고 밤이고 신에게 기원하네.(조선특별지원병령 공포)

國護る兵となりたきわが願ひ朝に夕に神に祈れり(朝鮮特別志願兵令公布)

— 『現代朝鮮短歌集』末田晃外編 現代朝鮮短歌集刊行會 1938.

# 김충극金充克

비가 온 다음 물방울 떨어뜨린 마당 나무에 매미 한 마리 와서 울어대고 있구나.

雨あとのしづくをこぼす庭の木に蟬一つ來てなきいでにける

―『朝鮮風土歌集』市山盛雄編 朝鮮公論社 1934.

# 김최명金最命

약탕물에서 김이 오르는 주변 불길하게도 흰나비 한 마리가 춤추며 나는구나.

煎藥の湯げのほとりを不吉にも白蝶一羽まひにけるかな

낙엽송들의 우듬지 싹 앞 다퉈 돋아나면서 바람에 흔들리네 맑은 저녁 하늘에.

落葉松の梢の芽ぶききほひつつ風にゆれゐる夕空のはれ

—『朝鮮風土歌集』市山盛雄編 朝鮮公論社 1934.

# 남철우南哲祐


하나의 대의大義 고금에 통하나니 신의 나라는 지금에야 마침내 세계를 향하도다.

一つ大義古今に通す神國は今こそいよいよ世界に向ふ


큰 뜻을 품고 성스럽게 일으킨 신병神兵을 맞아 미국과 영국놈들 패하고야 말게다.

大志もて淸かに起ちし神兵に對する米英は敗れに敗る


건강하기도 한 오월의 빛들과 남쪽 바람에 누르스름하게도 익어 가는 보리밭.

健やかな五月の色よ南風よやや黃の色に麥熟るる村


미국과 영국 마침내 멀리멀리 쫓아 버리고 신국을 바탕으로 아시아를 세우리.

米英はいよいよ遠く追拂ひここの神國亞細亞を興す

―『國民詩歌』第二卷第八號 道久良編 國民詩歌發行所 1942. 8.

# 민운식閔雲植

햇볕이 드는 흙 제방으로 나가 계집애들이 풀뿌리를 캐더니 사방
에 늘어놓네.

日當りの土提に出でてキチべらが草の根ほるとちらばりてをり

―『朝鮮風土歌集』市山盛雄編 朝鮮公論社 1934.

# 박규일 朴奎一

오늘도 다시 그대 기다린 문 앞 까치 소리는 허무하게 들리고 날
이 저무는구나.

けふもまた君待つ門に鵲のこゑのむなしく日が暮れにけり

―『朝鮮風土歌集』市山盛雄編 朝鮮公論社 1934.

# 박준하 朴俊夏

　공석이 많은 야간기차에 몸이 흔들리면서 고국에 병 걸리신 어머
니 생각하네.

空席の多き夜汽車にゆられつつ國に病みゐる母をおもふも

—『朝鮮風土歌集』市山盛雄編 朝鮮公論社 1934.

# 유인성柳寅成

항간 길에서 사람들 눈 개의치 않고 싸우는 고려 여인의 모습 쓸쓸해 보이누나.

巷路に人憚らずあげつらふ高麗の女はさびしきろかも

—『朝鮮風土歌集』市山盛雄編 朝鮮公論社 1934.

# 윤고운 尹孤雲

세 명의 아이 재우고 나니 내가 있는 온돌방 몹시도 좁아서 답답
하게 느껴져.

三人の子等寝かすれば吾の居る溫突部屋は狹苦しかも


압록강 흐름 강어귀로 가까이 가서 배에서 올려다보는 저 하늘
넓기도 하다.

ありなれの流れ河口に近づきて船より仰ぐみ空廣しも


압록강변의 기슭에 씨를 뿌린 수수가 자라 붉은 열매를 맺고 이
삭 끝 가지런해.

ありなれの岸邊に蒔きし高梁は赤く實りて穗先揃へる

—『朝鮮風土歌集』市山盛雄編 朝鮮公論社 1934.

# 이국영李國榮

눈길을 쓰는 아이들이 모여서 와자지껄한 모습을 동심으로 돌아가 보고 있네.

雪をかく童らの集ひてさわげるを幼心になりてみてゐる

—『朝鮮風土歌集』市山盛雄編 朝鮮公論社 1934.

# 이순자 李順子

크신 님에게 외아들을 바치고 의연하도다 참으로 위대하네 해 뜨
는 곳 어머니.

大君に一人子捧げて毅然たり大いなるかな日の本の母

만세 하면서 어깨에 업은 애도 흔든 일장기 나도 흔들었다네 옛
은사 가시는 길.

ばんざいと肩の子も振る日章旗われも振りたり舊師征きます

술 좋아하는 매제 요즘 들어서 총후 총후라 안 마시고 집에 와 누
이가 기뻐한다.

飲み上戸の兄もこの頃は銃後銃後と呑まずにかへり姉はよろこぶ

낙엽을 모아 산에서 돌아오는 아이들이 부르는 애국행진곡 소리
점점 가까워지네.

落葉搔きて山より歸る子等の唄ふ愛國行進曲の聲近づきぬ

성스런 전쟁 병사를 보내놓은 집집마다로 이름을 적지 않은 위문
장 도착한다.

みいくさに兵を送りし家々に名を記さざる慰問狀届けり

약소하지만 꽃다발을 바치고 이름도 말 않은 채 육군병원의 문
서둘러 나왔구나.

せめてもと花束を捧げ名を告らず急ぎて出でぬ陸軍病院の門

—『現代朝鮮短歌集』末田晃外編 現代朝鮮短歌集刊行會 1938.

# 장병인張秉演

쓰러져 있는 큰 나무 묻고 눈이 내린 산에서 화전민 쓸쓸하게 탄 그루에 해가 져.

朽ち伏せる大木埋めて雪山ゆ火田淋しく燒株に暮る

―『朝鮮風土歌集』市山盛雄編 朝鮮公論社 1934.

# 정지경鄭之璟

아침 길에서 시골 아가씨에게 길을 물으니 대답도 하지 않고 지
나쳐 버리누나.

朝道の田舎娘に道聞けば返事もせずてゆきすぎにけり

—『朝鮮風土歌集』市山盛雄編 朝鮮公論社 1934.

# 최봉람崔峯嵐

흐르는 땀도 돌아보지 않고서 창고의 작업 마치고 나서 보니 해
이미 기울었네.

汗たるる身も顧みず倉入の作業もすみて陽はかたむきぬ


저기 아득히 펼쳐진 신라 들판 넘은 들오리 언제 다시 고향에 돌
아와 울겠는가.

はるかなる新羅の原を超え去りし野鴨よ何時か里に來鳴かむ


목숨보다도 그 이름이 애석해 오늘날 다시 무사도로 피어난 발리
섬 해전6)의 꽃.

命より名こそ惜けれ武士道にけふまた咲きしバリ海戦の花

―『國民詩歌』第二巻第八號 道久良編 國民詩歌發行所 1942. 8.

---

6) 1942년 2월 일본군이 네덜란드령 인도차이나군의 거점인 자바 섬을 공략하고자 비
   행장 확보를 위해 발리 섬에서 벌인 해전.

## 최성삼崔成三

나이든 사람 어린아이 열 몇 명 이마 조아려 아이고 하는 소리 산
속에 울려 퍼져.

老も子も十幾人と額づきて哀號のさけび山にひびきぬ

고인 영전에 바친 제사 음식을 산 사람들이 더불어 먹고 있는 모
습 묘소에서 봐.

御靈前に供へし物を現人の共に食みをるおくつきどころ

—『朝鮮風土歌集』市山盛雄編 朝鮮公論社 1934.

# 한봉현韓鳳鉉

허수아비가 서 있는 수수밭은 지나가보면 산에서 내려오는 바람
의 그 선선함.

カガシ立つ高粱畑を過ぎゆけば山よりおろす風のすずしさ


붉은 칠을 한 울타리 향해 가니 왕릉이 있는 숲이 깊은 곳에서 작
은 새 울고 있다.

朱ぬりの垣目指し行けば王陵の森のふかきに小鳥啼き居り


간이역에서 산길을 깊이깊이 들어가 보니 억새 이삭의 파도 가을
바람에 흔들려.

假驛より山路をふかく入り行けばすすきの穂なみ秋風にゆれ

—『朝』第一卷第八號 道久良『朝』發行所 1940. 8.


보리 이삭에 파도가 치듯 일어 끝도 없이 이어지는 들판에 여름
가까워졌네.

麥の穂に波打ちてかぎりなくつづく野原に夏近づけり

—『國民詩歌』創刊號 道久良編 國民詩歌發行所 1941. 9.

# 황일룡黃一龍

뿌옇긴 해도 하늘이 펼쳐쳤다 올려다 보며 봄의 아지랑이라 나는 생각해 보네.

にごりつつ空ひろがれり仰ぎ見て春のくもりと我は思ふも

새벽이 되어 길게도 울어대는 새 울음소리 잠 깨어 바라보는 창 밖이 밝아오네.

あかつきの長鳴き鳥の鳴く聲に眼覺めて仰ぐ窓の明るさ

봄에 내린 비 젖어드는 어린 풀 바로 눈앞에 보이는 창가 풍경 홀로 즐기고 있네.

春雨に濡るる若草眼下に見ゆる窓べをひとり樂しむ

—『山泉集』末田晃編 久木社 1932.

하이쿠

俳句

俳句

# 강홍룡 姜弘龍

● 세대 갈등 - 창성·진주 강씨 대종회에서 老若拮抗 - 昌城·晋州姜氏大宗會にて

다 침묵할 때 등불은 옛날로 가고 종유는 탄다.

もだすとき灯はいにしへに種油燃ゆ


말이 없을 때 벽은 얼어붙었네 모습 뻣뻣이.

默すとき壁は凍てゆく影かたく


북풍은 노인 말 거스르는 가슴에 스며드누나.

北風は老に逆らふ胸に沁む

—『山葡萄』第十一卷第二號 江口元衞編 山葡萄發行所 1937. 2.

# 곽연자郭燕子

한강의 표면 얼어붙은 그 위로 노을이 지네.

漢江の面の氷夕焼けぬ

해가 떠올라 그 빛도 변했구나 눈 내린 들판.

日出でて色の變りし雪の原

―『草の實』通卷第百七號 橫井時春編 草の實吟社 1934. 5.

정월 보름날 화톳불을 피우고 산봉우리에.

望月<sup>マンウル</sup>やかがりび焚いて山の峯

―『草の實』通卷第百八號 橫井時春編 草の實吟社 1934. 6.

아지랑이가 땅을 파는 아이들 주위에도 펴.

陽炎や土ほる子等のあたりにも

● 여순을 유람하다旅順に遊ぶ

탄환의 흔적 진열해 놓은 건물 봄비 내리네.

彈痕の陳列舘や春の雨

―『草の實』通卷第百九號 橫井時春編 草の實吟社 1934. 7.

북쪽 능에는 지금이 한창때인 마타리의 꽃.

北陵や今を盛りの女郎花


● 보리타작麦打

보리 이삭이 달리아 꽃에게로 날아가누나.

麥の穗のダリアの花に飛びにけり

— 『草の實』通卷第百十號 橫井時春編 草の實吟社 1934. 8.


남풍에 실려 멀리 장구소리가 들려온다네.

南風に遠き長鼓の聞えけり


무녀의 옷을 말리고 있는 처마 제비 같구나.

巫女の服乾しある軒の燕かな

— 『草の實』通卷第百十一號 橫井時春編 草の實吟社 1934. 9.


조합의 깃발 바람에 나부끼네 목화 핀 가을.

組合旗風になびけり綿の花


등나무 의자 늙은 교장선생님 졸고 계시네.

藤椅子に老校長のいねむれる

— 『草の實』通卷第百十二號 橫井時春編 草の實吟社 1934. 10.

수세미 참외 매달려 흔들흔들 첫 가을 강풍.

へちまうりぶらりぶらりと初嵐

새벽 동틀 때 종소리 들으면서 밤을 줍노라.

夜のあける鐘を聞きつつ栗拾ふ

닭이 울어서 밤 축제는 끝났네 하늘 은하수.

鶏なきて夜祭すみぬ天の河

약수터에서 임시 주막을 여네 성묘하는 날.

藥水に仮の酒幕や墓參り

— 『草の實』通卷第百十三號 橫井時春編 草の實吟社 1934. 11.

대추 말리는 절 기와지붕에도 노을이 진다.

棗乾す寺の甍も夕燒けぬ

— 『草の實』通卷第百十四號 橫井時春編 草の實吟社 1934. 12.

비구니의 옷 말려서 하얗구나 단풍 든 감잎.

尼の衣乾して白さや柿紅葉

— 『草の實』通卷第百十五號 橫井時春編 草の實吟社 1935. 1.

떡방아 찧나 생도들 늘어 앉아 나르고 있네.

餅つくや生徒ゐならび運びけり

등불을 켜고 동지에 먹는 팥죽 홀짝거리네.

灯して冬至の粥をすすりけり


당나귀를 탄 손님 야적장 뒤에 숨어 있구나.

驢馬の客野積の蔭にかくれけり

—『草の實』通卷第百十六號 橫井時春編 草の實吟社 1935. 2.


하늘은 맑고 눈발이 날려대는 풀 마른 들판.

晴れてゐて雪のちらつく枯野かな


경대 위쪽에 잘 붙여 두었다네 새해의 달력.

鏡台の上に貼られし初暦


커튼에 비친 국화의 모습이여 음력 시월에.

カーテンに菊の影あり神無月

—『草の實』通卷第百十七號 橫井時春編 草の實吟社 1935. 3.


춘련이구나 돌담을 낮게 두른 영락사에도.

春聯や石墻低き永樂寺


잔설이 있네 몹시도 황폐해진 열녀문에도.

殘雪やすたれ果てたる烈女門

닭 울고서야 결승전을 벌이네 윷놀이모임.

鷄鳴きて決勝となりぬ擲栖會


빨래를 하던 여인 딱 좋은 바위 햇볕 쪼이네.

濯ぎ女の程よき岩に日向ぼこ

— 『草の實』通卷第百十八號 橫井時春編 草の實吟社 1935. 4.



스토브에서 탁구공 껍데기도 태우고 있네.

ストーブやピンポン玉の殼も焚く


울고 있다가 보니 졸업식 벌써 끝나 버렸네.

泣いてゐて卒業式も濟みにけり

— 『草の實』通卷第百十九號 橫井時春編 草の實吟社 1935. 5.



비가 안 온다 서로 투덜거리며 씨를 뿌리네.

雨なきをかこち合ひつつ種子を蒔く


● 청주 명암 저수지에서淸州明岩貯水池にて

어린 풀 뜯는 아가씨의 노래가 멀리서 들려.

若菜摘む乙女の唄がはろかより


놀이배 안의 한 가운데에 놓여 있는 신선로.

遊船の眞中に据えぬ神仙爐

빨래를 하는 여인에게 모란의 모습 겹쳤네.

濯ぎ女に牡丹の影かぶさりぬ

—『草の實』通卷第百二十號 橫井時春編 草の實吟社 1935. 6.


이 숙소에는 이불조차 없구나 저 멀리 두렁.

此の宿の褥もあらず遠畦

—『草の實』通卷第百二十二號 橫井時春編 草の實吟社 1935. 8.


짚신이 마구 흐트러져 있구나 달맞이꽃에.

藁沓のちらばつてをり月見草

—『草の實』通卷第百二十三號 橫井時春編 草の實吟社 1935. 9.


아버지 늙어 성격 상냥해졌네 올 설날에는.

父老いて優しくなりぬお元日

남산의 등불 아직 켜져 있구나 새해 첫 역에.

南山の灯がまだありぬ初驛

—『草の實』通卷第百三十號 橫井時春編 草の實吟社 1936. 4.


'지화자'하는 노랫소리 높아진 윷놀이 모임.

「チハーヂヤ」の歌高らかに擲柶會

큰 눈 내린 길 내가 낸 발자국을 뒤돌아본다.

大雪や我が足跡をかへりみる


눈수레 타는 손님도 끝나 불켠 사냥꾼 숙소.

雪車の客つきて灯りぬ狩の宿


● 친구 결혼식友結婚

새신랑에게 권하는 술을 조금 데워 주시오.

新郎にすすむる酒をあたためよ

—『草の實』通卷第百三十一號 橫井時春編 草の實吟社 1936. 5.


안방에 앉아 가마니 짜고 있는 봄날의 달밤.

內房に叺織り居り春の月


금방 내리는 기차를 타고 갔네 사냥하는 길.

すぐ降りる汽車でありけり狩の道

—『草の實』通卷第百三十二號 橫井時春編 草の實吟社 1936. 6.


푸른 풀 밟는 놀이하는 낙동강 노을 물든다.

踏靑や洛東江の暮れそむる


제비떼들이 물가에서 노닐고 노을 물든다.

燕の渚に居りて暮れそむる

수려한 모습 관풍루1)가 서 있는 저기 언덕 위.

麗らかや觀風樓は丘の上

―『草の實』通卷第百三十三號 横井時春編 草の實吟社 1936. 7.

덩치 큰 양이 귀엽기도 하구나 봄 풀 속에서.

巨いなる羊かはゆし春の草

―『草の實』通卷第百三十五號 横井時春編 草の實吟社 1936. 9.

작약의 꽃이 떨어진 물 표면을 개미 건넌다.

芍藥の散りし水面を蟻渡る

달맞이꽃은 펴 있고 황폐하게 된 열녀문 안.

月見草咲いて荒れ居る烈女門

● 농민데이 각 관공서 합동 모내기하다農民デー各官公署合同田植をなす

심을 볏모는 수가 많은데 심은 것은 적구나.

苗の數多く少く植ゑてゐし

―『草の實』通卷第百三十六號 横井時春編 草の實吟社 1936. 10.

불던 태풍은 어디로 가버렸나 나비 보이네.

颱風は何處へ行きし蝶を見る

---

1) 대구 달성공원에 이쓴 조선 후기의 누각.

장맛비 내려 온돌방에 뜨겁게 불 떼워졌네.

霖雨に溫突あつくたかれけり

—『草の實』通卷第百三十七號 橫井時春編 草の實吟社 1936. 11.


맑은 가을 날 아버지와 와서 보는 공자의 사당.

秋晴や父と來て見る孔子廟


감자의 잎에 이슬이 고여 있다 떨어지누나.

芋の葉に露のたまりてこぼれけり


소소한 삶에 익숙해졌네 감자 자라는 가을.

ささやかな住ゐになれぬ芋の秋


놀잇배 위로 달이 올랐네 호수 조용하구나.

遊船に月の昇りぬ湖靜か

—『草の實』通卷第百三十八號 橫井時春編 草の實吟社 1936. 12.


저녁에 뜬 달 게를 주으러 오는 물가 아이들.

夕月や蟹拾ひ行く濱の子等


보름달 아래 불 밝히고 흐르는 뗏목이구나.

名月に灯りて流る筏かな

—『草の實』通卷第百三十九號 橫井時春編 草の實吟社 1937. 1.

황간[2]이라고 숙소 결정한 밤에 겨울비 내려.

黃澗ときまりし夜や冬の雨

―『草の實』通巻第百四十號 橫井時春編 草の實吟社 1937. 2.


눈 개었구나 달빛이 머무르는 산봉우리 위.

雪晴れや月とどまれる嶺の上

마치 마시는 듯이 동지 팥죽을 훌짝거리네.

飮む如く冬至の粥をすすり居り

―『草の實』通巻第百四十一號 橫井時春編 草の實吟社 1937. 3.

---

2) 충청북도 영동의 한 지명.

# 곽성암 郭成岩

근심 많은 몸 숨어사는 집에는 봉선화 피어.

憂身とてかくれ住居や鳳仙花

—『草の實』通卷第百四十七號 橫井時春編 草の實吟社 1937. 9.

● 남쪽 조선 여행을 하며 南鮮旅吟

다리미 불이 빛을 잃어갈 때에 달이 오른다.

熨斗の火の色失せにつつ月上る

—『草の實』通卷第百四十九號 橫井時春編 草の實吟社 1937. 11.

지게의 짐을 떨어트리며 가네 가을 저녁에.

チゲのものこぼして行くや秋の暮

벼 실은 마차 이리 저리 기우뚱 해가 질 무렵.

稻馬車のこのもかのもに暮色かな

—『草の實』通卷第百五十一號 橫井時春編 草の實吟社 1938. 1.

호두를 깨는 밤에 일하는 손이 몹시 거치네.

胡桃割る手の荒れ果てしよなべかな

광산 입구로 길은 한 갈래구나 풀 단풍 들고.

鑛口へ道一筋や草紅葉

―『草の實』通卷第百五十二號 橫井時春編 草の實吟社 1938. 2.

햇볕 쬔다고 남의 집 울타리 와 좁아진 마당.

日向ぼこよその墻きてせまき庭

―『草の實』通卷第百五十三號 橫井時春編 草の實吟社 1938. 3.

저물어가는 탑 위의 하늘에도 꼬리가 긴 연.

暮れかかる塔の空にも尾長凧

수판놀이에 질려 도전하는가 창밖의 연들.

算盤にあきて挑むや窗の凧

어느 사이에 가루눈이 내리네 윷놀이 중에.

いつしかに粉雪となりし擲柶かな

―『草の實』通卷第百五十四號 橫井時春編 草の實吟社 1938. 4.

어두운 봉당 장작을 패고 있네 나물 말린 집.

土間暗く薪割って居り干菜宿

―『草の實』通卷第百五十五號 橫井時春編 草の實吟社 1938. 5.

보리 밟는가 읍내 사이렌 소리 틀림없구나.

麥踏むや邑のサイレンまぎれなく


광주리의 것 버리는 애 혼내며 봄나물 뜯네.

籠のもの捨つる子叱り若菜摘む


나물을 뜯는 여자들 한 명 두 명 떠나갔구나.

菜摘女等一人一人と去りにけり

―『草の實』通卷第百五十六號 橫井時春編 草の實吟社 1938. 6.

# 곽한동郭閑童

논 나비 잡는 논의 물이 넘치네 첨벙첨벙 하고.

田蝶取る田の漲れりどぶどぶと

—『草の實』通卷第百四十四號 橫井時春編 草の實吟社 1937. 6.

범종에 와서 주인을 찾아가니 봄 흐린 하늘.

鐘に來て主を訪へば鳥曇

뭐라고 하는 돌을 깨는 광산은 한산하구나.

何やらの石を分け居り鑛のどか

● 천장절3) 배하식天長節拜賀式

꽃구경하는 자리에 착석하여 배하식하네.

花見ゆる坐につきもして拜賀式

—『草の實』通卷第百四十五號 橫井時春編 草の實吟社 1937. 7.

고원에 내린 비가 개이는구나 이삭 보리밭.

高原に雨の霽れゆく穗麥かな

—『草の實』通卷第百四十六號 橫井時春編 草の實吟社 1937. 8.

---

3) 천황의 생일을 뜻하는 경축일로 당시 쇼와(昭和) 천황의 생일은 4월 29일이었음.

놀이배 놓쳐 타지도 못했구나 개 헤엄치네.

遊船に乗りそこねたる犬游ぐ

잉어요리가 다 되어 막걸리를 넘치게 따라.

鯉料理出來て濁酒をあふるなり

―『草の實』通卷第百四十七號 橫井時春編 草の實吟社 1937. 9.

잔 씻는 물에 환하게 빛을 내는 여름밤의 달.

杯洗の水きらきらと夏の月

모깃불 피면 늑대들이 온다는 소문도 있다.

蚊火焚くと狼が來るといふ噂

―『草の實』通卷第百四十九號 橫井時春編 草の實吟社 1937. 11.

## 권심주權心周

석탄을 캐며 내뱉는 숨 묻고 눈은 그치지 않네.

石灰を掘る吐息を埋めて雪やまず

눈 덮인 흰 산 스키를 타는 스릴 불러 일으켜.

銀嶺にスキーのスリル呼びかくる

　　　　　　　　　—『山葡萄』第十一卷第二號 江口元衞編 山葡萄發行所 1937. 2.

# 김각수金珏洙


유모차 한 대 어린 잎새 아래에 머물러 있네.

乳母車若葉の下にとまりけり

—『朝鮮俳句選集』北川左人編 靑壺發行所 1930.

# 김건수金建洙

화물 수레의 교체에 날아드는 잠자리구나.

入替の貨車に飛びつく蜻蛉かな

—『草の實』通卷第百三十八號 橫井時春編 草の實吟社 1936. 12.

# 김귀성金龜城

금줄 두꺼운 천 섬 실은 배구나 올 첫 꼬리표.
注連太き千石舟や初荷札

● 미키 헤이조 씨 딸 출산三木芮城氏女子出産

산실의 소리 햇볕 드는 창에는 매화의 꽃을.
産室の聲や陽窓の梅の花

동짓날이네 물건 팔러 간 읍내 낮에도 등불.
冬至日や賣出町の晝灯

—『朝鮮俳句一萬集』戶田定喜編 朝鮮俳句同好會 1926.

호수의 물이 탁해지는 요즘에 모내기하네.
湖のこのごろ濁る田植かな

성벽 무너져 있는 그곳도 풀이 마른 들인가.
城壁のくづれしそこも枯野かな

우물을 열고 일출을 물들이는 새해 첫 물빛.
井開や日の出をそめぎし水の色

● 내 아이가 성홍열에 걸리다 愚息猩紅熱に罹る

격리병동의 문 지키는 아이가 봄옷 입었네.

避病舍の門番の子の春著かな

―『朝鮮俳句選集』北川左人編 靑壺發行所 1930.


기우뚱하게 쫓겨 가는 참새도 태풍 탓인가.

傾きて追はれ雀も野分かな

―『長栍』第一卷第十二號 西村省吾編 朝鮮石楠聯盟 1935. 12.

# 김남초 金南楚

기러기 소리 들리는 척후대가 야영하는 곳.

雁金に斥候隊の夜營かな

—『朝鮮俳句選集』北川左人編 靑壺發行所 1930.

# 김낭월金朗月

찰랑거리는 항아리 속 물에도 감나무 낙엽.

ただよへる甕の水にも柿落葉

―『朝鮮俳句選集』北川左人編 青壺發行所 1930.

# 김대원 金大源

입추가 되어 연광정4) 있는 곳에 올라갔도다.
立秋の練光亭に上りけり

배 매는 닻줄 마주치고 있구나 초가을 바람.
纜のあひ打てるなり初風

이십 년 전부터 지금까지 이렇게 홍수로구나.
二十年このかたなりし出水かな

첫 서리 내려 새하얗게 보이는 떨어진 이삭.
初霜の白きが見ゆる落穂かな

신년 나무꾼 다시 나타났구나 가는 저 사람.
年木樵また現はれし行手かな

—『朝鮮俳句選集』北川左人編 靑壺發行所 1930.

---

4) 평양의 명소로 고구려 시대의 누정.

# 김대일金大日

학교 교정에 종이비행기 날아 가을바람에.

校庭に紙飛行機や秋の風

―『朝鮮俳句選集』北川左人編 靑壺發行所 1930.

# 김동설金東說

장작팔이가 밟아서 쭉 걸어온 눈길이구나.

薪賣の踏んで來りし雪路かな

―『朝鮮俳句選集』北川左人編 靑壺發行所 1930.

# 김만하 金萬夏

버들잎 피리 왜 그런지 모르게 아련하구나.

柳笛そこはかとなき朧かな

―『朝鮮俳句選集』北川左人編 青壺發行所 1930.

# 김명찬 金明燦

눈사태 맞아 스키의 발이 꽁꽁 얼어 버렸다.

雪崩浴びスキーの足の凍て果てぬ

—『山葡萄』第十一卷第二號 江口元衞編 山葡萄發行所 1937. 2.

# 김문혁 金文赫

봄 우레소리 들으면서 석탄을 운반하노라.
春雷を聞きつつ炭を運びけり

비눗방울을 도망가면서 불어 보여주었네.
しやぼん玉にげつつ吹いて見せにけり

커다란 파도 흔들리는 배 안에 드리운 주렴.
大浪にゆれゐる船の簾かな

개선한 사람 맞이하는 배에서 불꽃을 올려.
凱旋を仰への船の花火かな

비를 청하는 대포 소리 요란히 들리는구나.
雨乞の砲列しいてありにけり

큰 도마뱀이 바위를 미끄러져 사라졌다네.
大とかげ岩をすべつて失せにけり

산 허리춤의 남쪽에 핀 참외 꽃 비춘 아침 해.
山腹の南瓜の花に朝日かな

싸리의 꽃이 거미가 지나가며 떨어졌구나.

萩の花蜘蛛のわたりてこぼれけり

봉선화 꽃이 이슬을 받아먹고 피어 있구나.

鳳仙花露をいただき咲きにけり

―『落壺句集』後藤鬼橋・大石滿城編 落壺吟社 1936.

# 김병인金屛人

뱃머리 서서 보니 밝은 호수에 산은 타는 듯.

舳に立ちて明るさ湖や山燒くる

—『朝鮮俳句一萬集』戶田定喜編 朝鮮俳句同好會 1926.

# 김병일 金秉鎰

활짝 만개한 꽃에서 느껴지는 땅의 흔들림.

滿開の花に感ずる地震かな

—『草の實』通卷第百三十六號 橫井時春編 草の實吟社 1936. 10.

마른 나무가 불똥을 뱉고 가는 마지막 열차.

木枯や火の子吐き行く終列車

산새들 사는 둥지에 날아드는 눈보라구나.

山禽の家に飛び込む吹雪かな

—『草の實』通卷第百四十號 橫井時春編 草の實吟社 1937. 2.

산골짜기에 우편물 전달되는 새해의 정월.

山峽に郵便の來るお正月

—『草の實』通卷第百四十一號 橫井時春編 草の實吟社 1937. 3.

# 김병준金丙俊

달의 연못에 내려앉은 새의 이름은 몰라.

月の池下りゐる鳥の名は知らぬ

―『長栍』第四卷第一號 西村省吾編 朝鮮石楠聯盟 1938. 1.

달밤이구나 바람은 온화하고 철새들 날아.

月の夜や風おだやかに鳥渡る

―『長栍』第四卷第二號 西村省吾編 朝鮮石楠聯盟 1938. 2.

갑자기 추운 여행길의 하늘이 약간 저물어.

俄か寒む旅路の空の薄暮かな

눈이 녹아서 드디어 푸르러진 산의 소나무.

雪解けていよいよ清し山の松

―『長栍』第四卷第三號 西村省吾編 朝鮮石楠聯盟 1938. 3.

# 김수암金守巖

여름 산록에 목장 찻집에서 연 하이쿠 모임.

夏山のお牧の茶屋の俳句會

—『朝鮮俳句選集』北川左人編 靑壺發行所 1930.

# 김앵자 金櫻子

엄마 되어서 집 찾아간 이월의 신년 인사객.
母となりて宿訪ふ二月禮者かな

씨 뿌렸다는 표지를 세워두고 교대 들어가.
物蒔きし目印立てて出代りぬ

종두에 걸린 아이를 안아주는 순사로구나.
種痘兒を抱へくれたる巡査かな

향 피운 연기 춘분 제사 경단의 틈에서 올라.
香煙や彼岸團子のはざまより

강의 지류에 밀물 드는 곳에서 자란 미나리.
枝川に潮さしてくる根芹かな

등꽃 피는가 구름이 건너가는 연못의 표면.
藤咲くや雲渡りゆく池の面

새로 난 길 언덕이 보이누나 푸른 논 위로.
新道の坂の見えゐる青田かな

베 짜는 모습 엿보네 야학에서 돌아오는 길.

機織を覗く夜學の戻りかな


바위 밑둥에 베어 뉘인 밭에서 자란 벼구나.

岩の根に刈り伏せてある陸穗かな


이삭 물결에 그저 따르는 나무 열매로구나.

潮の穗につき隨へる木の實かな


밤 떨어졌다 지는 태양 강렬한 풀숲 안으로.

落栗や西日烈しき草の中

―『朝鮮俳句選集』 北川左人編 靑壺發行所 1930.

# 김연수金連洙

밤이 새도록 기러기들이 울며 가는 장연호.5)

夜もすがら雁鳴き渡る長淵湖

―『草の實』通卷第百三十二號 橫井時春編 草の實吟社 1936. 6.

---

5) 함경북도 경성군의 남쪽에 있는 큰 호수로 맑고 깨끗한 명소

# 김옥봉金玉峰

유리창에는 봄의 바다와 산이 반짝거린다.

玻璃窓や春の海山かがやかに


마취목6) 피는 이곳에서 마을이 멀지 않구나.

馬醉木咲く此處より里の遠からず


들어 익숙한 폭포의 울림소리 장지문인가.

聞き馴れし瀧の響の障子かな


등대로구나 이백십 일7) 무렵에 발이 묶인 배.

燈臺や二百十日のかかり船


달 기다리나 을밀대8)에 자라난 넓은 잔디밭.

月待つや乙密臺の大芝生


국화 핀 문에 크고 거친 바다가 보이는구나.

菊の戸に大荒の海見ゆるかな


---

6) 철쭉, 진달랫과에 속하는 늘푸른큰키나무로 줄기 높이가 대략 2~3미터. 잎은 가늘 고 길며 초봄에 병모양의 흰 꽃이 피며 잎에는 독이 있어 달여서 살충제로 씀.
7) 입춘(立春)에서 210일째 되는 날을 일컫는 잡절(雜節)로 보통 9월 1일경이며 태풍 때.
8) 평양의 명소 중 하나로 고구려 시대의 누정이 있는 곳.

코스모스의 모습 보이는 달의 장지문이네.

コスモスの影ある月の障子かな


싸리나무 숲 들어가 멈춰 있는 조그만 논 배.9)

萩叢に漕ぎとどまりし田舟かな


유달산10)에는 달이 밝게 떴는데 가을비 내려.

儒達山夕明りして時雨かな


불 켜졌구나 풀 마른 들 가운데 어떤 주막에.

灯るや枯野の中の一酒幕


저녁 그림자 검게 보이는 섬에 모닥불인가.

夕影の島に見えゐる焚火かな

―『朝鮮俳句選集』北川左人編 靑壺發行所 1930.

---

9) 논에서 흙이나 벼를 나르는 바닥이 얕은 배를 말함.
10) 전라남도 목포에 있는 유명한 산. 영혼이 거처가는 영달산으로 불렸으며 구한말
　유학자 정만조가 유배에서 돌아오는 길에 시회를 연 것에서 이름이 유래함.

# 김용준 金龍俊

춘화 그려진 문 꼭 닫혀져 있는 산 속 집이네.

春畫の戸締したる山家かな

보너스라는 것 받아 어머니께 보내드렸다.

ボーナスを貰つて母に送りけり

—『落壺句集』後藤鬼橋·大石滿城編 落壺吟社 1936.

# 김용태金容泰

이름도 모를 봄의 풀이로구나 마당 구석에.

名も知らぬ春の草なり庭の隅

따끈따끈한 아침 해 비쳐 드는 화로가 보여.

ほたほたと朝日さしこむ火鉢かな

―『草の實』通卷第百八號 橫井時春編 草の實吟社 1934. 6.

저 비행기가 내리려는 곳에는 풀이 싹트네.

飛行機の降りるところや草萌ゆる

―『草の實』通卷第百二十號 橫井時春編 草の實吟社 1935. 6.

나의 누이는 들국화 손에 들고 오고 있구나.

いもうとは野菊手打りて來りけり

―『草の實』通卷第百三十九號 橫井時春編 草の實吟社 1937. 1.

남산에 장마 담은 검은 구름이 낮게 걸렸네.

南山に梅雨の黑雲低くたれ

―『草の實』通卷第百四十七號 橫井時春編 草の實吟社 1937. 9.

짐수레 한 대 수박만 한가득히 실려 있구나.

一貨車は西瓜ばかりでありにけり

—『草の實』通卷第百四十九號 橫井時春編 草の實吟社 1937. 11.

# 김윤석 金尹錫

저녁 소나기 그치고 나자 손님 오게 되었네.

夕立の上りて客の來りけり

—『草の實』通卷第百號 橫井時春編 草の實吟社 1933. 10.


들여다보는 광주리에 솎은 채소 담겨 있구나.

のぞき見る籠の間引菜溜り居る

—『草の實』通卷第百二號 橫井時春編 草の實吟社 1933. 12.


겨울비 오네 환자는 밖을 그저 보고 있구나.

時雨るるや病人外を眺め居り

—『草の實』通卷第百四號 橫井時春編 草の實吟社 1934. 2.


약간의 눈이 쌓여 있는 집에서 쇠는 음력 설.

雪少しのせたる家の舊正月

—『草の實』通卷第百六號 橫井時春編 草の實吟社 1934. 4.

온돌방인데 벽장에서 들어온 바람 춥구나.

溫突や壁欌からの風寒し

　　　　　　　　　　　　　—『草の實』通卷第百七號 橫井時春編 草の實吟社 1934. 5.


나비 한 마리 일찍도 날아가네 볕 쬐는 지붕.

蝶一つ早く飛び去り旱屋根

　　　　　　　　　　　—『草の實』通卷第百十二號 橫井時春編 草の實吟社 1934. 10.

# 김인길金仁吉

모피로 된 옷 걸치고 들어오는 열차 맞았네.

毛衣を著けて列車を受けにけり

—『草の實』通卷第百二十九號 橫井時春編 草の實吟社 1936. 3.


따스한 봄 낮 고단하고 병든 몸 절절히 느껴.

春晝やこのいたつきをつくつくと

—『草の實』通卷第百三十二號 橫井時春編 草の實吟社 1936. 6.


하루 또 하루 볏모는 파래지고 제비 날아와.

一日一日苗も靑みて燕飛ぶ

—『草の實』通卷第百三十四號 橫井時春編 草の實吟社 1936. 8.


예배당에서 종소리도 들리고 달이 뜬 아침.

禮堂の鐘もきこえて朝月夜

—『草の實』通卷第百三十六號 橫井時春編 草の實吟社 1936. 10.

벼의 이삭에 이슬이 깃들겠네 달은 나오고.

稲の穂に露も宿らん月出づる

―『草の實』 通卷第百三十八號 橫井時春編 草の實吟社 1936. 12.

# 김정숙金正琡

푸른 매 나무 베고 있는 나에게 가까이 있네.

靑鷹樹を切る我に近くあり

―『朝鮮俳句一萬集』戶田定喜編 朝鮮俳句同好會 1926.

# 김정차金正瑳

활기 넘치는 마을의 연기 피고 벼꽃도 피고.

賑はしき里の煙や稲の花

—『朝鮮俳句一萬集』戸田定喜編 朝鮮俳句同好會 1926.

# 김지돈金知敦

동산 안에는 날은 흐렸지만 핀 벚꽃이구나.

苑內の日の曇りたる櫻かな

—『朝鮮俳句選集』北川左人編 靑壺發行所 1930.

# 김찬제金瓚提

화분의 나무 싹을 틔울 무렵이 이제 되었네.

鉢の木の芽を吹く頃となりにけり

—『朝鮮俳句選集』北川左人編 靑壺發行所 1930.

# 김창성金昌成

온돌방 안의 상좌 쪽에 앉아서 핀 긴 담뱃대.

溫突の上座に居りて長煙管

—『朝鮮俳句選集』北川左人編 靑壺發行所 1930.

# 김최명金最命

여행간 곳에 야생마 울어대는 가을의 하늘.

旅先や驢馬の嘶く秋の空

가을이 됐네 메밀 심은 화전火田에 바람 담담히.

秋立てり蕎麥の火畑風淡く

—『句集朝鮮』笠神志都延編 京城日報社學藝部 1930.

흰 물고기가 잘 잡히는 날인데 하늘 흐렸네.

白魚のよく捕るる日の曇りけり

무지개 떴다 물동이 늘어세워 물 긷는 여인.

虹立つや甕をならべて水汲女

온돌방에는 약으로 쓰려 잡은 뱀 걸려 있네.

溫突に藥用蛇の吊られける

—『朝鮮俳句選集』北川左人編 靑壺發行所 1930.

# 김홍식金弘湜

반짝이면서 아침 해에 빛나는 새해의 첫 눈.

きらきらと朝日に光る初雪よ

—『草の實』 通卷第百四十一號 橫井時春編 草の實吟社 1937. 3.

# 명병식明秉植[11]


아지랑이를 밟으면서 둑방길 길게 걷누나.

陽炎をふみつつ長き堤ゆく

—『草の實』通卷第百三十三號 橫井時春編 草の實吟社 1936. 7.


졸졸 흐르는 여름의 작은 냇물 깨끗도 하네.

さらさらと夏の小川の水きよし

—『草の實』通卷第百三十四號 橫井時春編 草の實吟社 1936. 8.


---

11) 잡지 『풀열매(草の實)』 8월호에는 명겸식(明兼植)으로 표기되어 있는데 오식이라
보여 동일인으로 판단함.

# 문명활文命活

비스듬하게 바닥에 꽂혀 있는 병꽃나무 꽃.

傾きて床に活けたる花卯木

─『草の實』通卷第百二十三號 橫井時春編 草の實吟社 1935. 9.

# 문성태 文聖泰

한 점의 구름 없는 하늘이로다 갈바람 불고.

一點の雲なき空や秋の風

—『草の實』通卷第百三十號 橫井時春編 草の實吟社 1936. 4.

# 문청와文晴蛙

형제자매들 잇따라 쏘아올린 불꽃이구나.

はらからの次々あぐる花火かな

—『草の實』通巻第百二十六號 橫井時春編 草の實吟社 1935. 12.

커다란 강에 끝도 없이 이어져 떠 있는 얼음.

大江や何時まで續く浮氷

—『草の實』通巻第百三十一號 橫井時春編 草の實吟社 1936. 5.

# 문혜련 文惠蓮


밤이 새도록 귀뚜라미가 우는 누에고치 집.

夜もすがらこほろぎの鳴く飼屋かな


맑은 못 둑의 달이여 시끄러운 벌레들 소리.

晴れ渡る池塘の月や虫時雨

— 『草の實』 通卷第百號 橫井時春編 草の實吟社 1933. 10.


산뜻하고도 밝게 보이는구나 저기 모란대.[12]

爽かに明けわたりたる牡丹臺


이슬 머금은 풀에 난 길을 막는 산속 어느 집.

露草の徑をふさげる山家かな

— 『草の實』 通卷第百一號 橫井時春編 草の實吟社 1933. 11.


국화탕 목욕 벽 넘어서 부르는 아내 목소리.

菊の湯や壁越しに呼ぶ妻の聲


---

12) 평양 금수산의 모란봉에 을밀대와 대조되는 언덕을 말함.

석탑 그림자 짧아 보이는구나 오늘 달빛에.

石塔の影のみじかき今日の月

푸릇푸릇이 이끼 자란 바위에 단풍 든 덩굴.

あをあをと苔むす岩や蔦紅葉

―『草の實』通卷第百二號 橫井時春編 草の實吟社 1933. 12.

안은 애에게 노루를 보여주는 부부로구나.

抱く兒に獐を見せゐ夫婦かな

길 물어 찾은 이 비구니 사찰도 단풍 들었네.

道とひしこの尼寺の紅葉かな

―『草の實』通卷第百三號 橫井時春編 草の實吟社 1934. 1.

깊은 산속의 물에서 헤엄치는 자매로구나.

山中の水に泳げる姉妹かな

석등 그림자 짧기도 하구나 오늘의 달빛.

石塔の日影のみじかき今日の月

이슬에 젖은 풀길을 막고 있는 작은 집이네.

露草の徑をふさげる小家かな

안은 애에게 노루를 보여주는 부부로구나.

抱く兒に獐を見せゐる夫婦かな


집의 창문에 달빛이 들어와도 기분이 좋아.

家がまど月のあかりもうれしけん

—『朝鮮女流俳句選集』海地福次郎編 句集刊行會 1935.

# 박노식 朴魯植

새롭게 칠한 놀이배가 밝구나 봄 풀린 물에.
塗り替えし畫舫明さや春の水

밭을 가시는 아버지 옆에 서서 용건 이야기.
用談や耕す父により添ひて

배나무 꽃이 울타리를 둘러친 고운 색 비각.
花梨や垣めぐらして彩碑閣

정신도 없이 꽃 떨어지는 집에 돌아왔노라.
盛んなる落花の家に戻りけり

개나리 폈군 아내도 없이 사는 사당지기네.
連翹や妻なく住める御廟守

유채꽃 폈네 고수 따라 신내림 말하는 무녀.
菜の花や鼓手伴ふて宣ひ巫女

● 중국인 마을 華人街

달이 뜬 봄밤 나란히 문 잠그고 켠 호궁소리.

春月や並び閉して彈く胡弓


● 아이가 죽다 兒逝く

너무 분명히 봄을 아쉬워하는 내가 되었네.

あからさまに春惜しむ我となりにけり


매실이 남아 있는지 확인하며 두드려 본다.

殘り梅ありか見届け叩きけり


달도 밝구나 우차의 끌채 위에 두고 간 덮개.

名月や楊の上なる置冠


흰 이슬인가 풀 속에 놓여 있는 큰 호리병박

白露や草の中なる大瓢


한데로 묶인 코스모스 꽃들이 향하는 방향.

コスモスや括られし花の向き所


가을비 내려 부표에 내려앉은 저녁 까마귀.

時雨るるや浮標に下りたる夕鴉

―『朝鮮俳句一萬集』戶田定喜編 朝鮮俳句同好會 1926.

어미가 벌떡 일어나 떨어지는 새끼 고양이.

親起てばころびこぼるる子猫かな

상처 난 박을 아깝게 여기면서 자라왔노라.

瓢疵惜しまれながら育ちけり

쫓겨 들어와 정비되지 않은 닭 저녁 가을비.

逐ひ入れて揃はぬ鶏や夕時雨

—『句集朝鮮』笠神志都延編 京城日報社學藝部 1930.

봄날의 우레 사당의 글 써진 벽 달리듯 춤춰.

春雷や廟の書壁の走り舞

봄바람 부네 잔디밭의 까치가 높은 발돋움.

春風や芝生の鵲の高あゆみ

대시험의 날 내일로 다가왔네 근심스럽다.

大試驗明日に迫りし恙かな

밭 일굴 때네 점차로 깊어지는 덤불 그림자.

畑打や次策に深き藪の影

치수비13) 뒤쪽 두렁들을 흙으로 새로 발랐네.

治水碑の後の畦を塗りにけり

---

13) 홍수나 가뭄의 피해를 막기 위해 수리 시설 공사를 하고 세운 비.

비둘기 내린 네 처마의 절 잔디 감차(甘茶14))의 행사.

鳩下りし四簷の芝や甘茶寺


돌계단에서 울며 멈추어서는 새끼고양이.

きざはしに鳴き止まりたる子猫かな


일찍 일어나 올챙이 굽어보네 근심스럽게.

とく起きて蝌蚪にこごめる恙かな


뜨거운 햇살 강가 모래밭에 핀 엉경퀴로다.

烈日の江砂かむれる薊かな


아픈 사람의 지팡이 무는 개야 봄 잔디에서.

病人の杖嚙む犬や春の芝


앞도 뒤에도 뽕을 따서 돌아간 귀성객이네.

あとさきに桑摘み戻る歸省かな


창가 아래로 산수가 흘러가네 모기장 밖에.

窓下に山水走る蚊帳かな


산 속의 냇물 흘려보낸 등불에 모인 벌레들.

山川や流燈に來る火取蟲


---

14) 감차사나 감다사라는 절을 확인할 수 없어 감차, 즉 산수국 또는 돌외의 잎을 말
려 달인 차를 석가상에 끼얹는 석가탄신일의 사찰 행사로 파악함.

등이로구나 이백십 일 불 나방 모기는 많고.
ともしびや二百十日の火蛾蚊多


술에 취하신 아버지 힘쓰시는 야학이로다.
酔中の父が勵ます夜學かな


벼 실은 수레 맞으러 나가서는 꾹꾹 눌렀네.
稲車迎ひに出でて押しにけり


어부네 지붕 온통 돌들이 있네 이삭의 풀꽃.
蜑が屋根なべて石ある穂草かな


유람선 내려 들국화에 노니는 기생이구나.
畵舫下りて野菊に遊ぶ妓生かな


표주박 허물 애석히 여겨지며 자라는구나.
瓢疵惜まれながら育ちけり


성 바깥으로 뻗은 곳에 인가人家들 벼 익는 가을.
城外にのびて人家や稲の秋


이 부근 일대 콜레라 지난 뒤의 감 익는 날씨.
界隈やコレラのあとの柿日和


대한大寒이구나 말라서 하얗게 된 나무 사잇길.
大寒や乾き白める木の間途

짐승 발자국 남아 있는 쌓인 눈 쓸고 있노라.

獸の足跡のある雪を掃く

강 하구 항구 붙들어 매기 바쁜 연공年貢 실은 배.

門川や舫ひ賑はふ年貢舟

감기로 눈물 줄줄 흘러내리고 정신없구나.

風邪の涕すすり落して埒もなや

화롯가 얘기 무슨 두서도 없이 헤어졌구나.

爐話のとりとめもなく別れけり

튀는 불꽃을 놀라서 밟아 끄네 모닥불에서.

走り火を驚き踏める焚火かな

층층 계단에 말리는 장작개비 신神은 부재중.

きざはしに干せる根橑や神の留守

낙엽을 긁는 사람 어린 나이에 홀아비구나.

落葉掻く少年にして鰥かな

사람 뒤쫓아 바람이 불어오네 꼭 병풍처럼.

人のあとについて風來る屛風かな

다 놀지 못해 아쉬운 놀이공을 되돌려줬네.

つき足らぬ手毬なりしを返しけり

―『朝鮮俳句選集』北川左人編 靑壺發行所 1930.

# 박매암 朴梅庵

물 속 부평초 살랑거림도 없는 무더위구나.

浮草のさゆるぎもなき暑さかな

떼 지은 모기 처마 끝 따라가는 저녁의 연기.

蚊柱や廂を傳ふ夕煙り

―『朝鮮俳句選集』北川左人編 靑壺發行所 1930.

# 박문규 朴文奎

다리 구부려 닭은 울고 있구나 아침 서리에.

脚曲げて雞は鳴くもの朝の霜

벌써 저물어 매갈이15)하는 사람 문에 보이네.

早や暮れて籾摺人の門に見ゆ

—『長柱』第四卷第一號 西村省吾編 朝鮮石楠聯盟 1938. 1.

안개가 피고 가로등은 담담한 거리의 새벽.

霧立ちて街燈淡き街の曉

단풍 든 잎에 깃들은 아침 이슬 반짝반짝해.

紅葉にやどる朝露きらきらと

—『長柱』第四卷第二號 西村省吾編 朝鮮石楠聯盟 1938. 2.

다듬이질을 하는 집 창가 흐린 불빛이 보여.

砧打つ家の小窓仄に光る

---

15) 벼를 매통에 갈아 왕겨만 벗기고 속겨는 벗기지 않은 쌀을 만드는 일.

이른 봄날의 산비둘기 울어서 저녁 쓸쓸해.

早春の山鳩鳴いて暮れ淋し

―『長栍』第四卷第三號 西村省吾編 朝鮮石楠聯盟 1938. 3.


봄에 내린 비 무덤가의 돌부처 젖어 있구나.

春の雨墓場の石佛濡れて居り


아지랑이를 어지럽히며 기차 다가오누나.

かげろうをみだしつつ汽車身にせまる


붉은 옷 입은 아가씨 싹이 나온 풀을 뜯노라.

赤依の娘萠出しし草を摘みけり

―『長栍』第四卷第四號 西村省吾編 朝鮮石楠聯盟 1938. 4.


지저귐 들린 풀뿌리에는 작은 알이 있었네.

囀たつ草根に小さき卵ある


꽃모양 등에 물 흐릿흐릿하게 이어져 있다.

花の灯に水うすうすと續きけり

―『長栍』第四卷第五號 西村省吾編 朝鮮石楠聯盟 1938. 5.


보리 이삭에 바람이 살짝 보이고 달은 밝구나.

麥の穗に風ほの見えて月あかし

서늘히 밝은 달 뿌옇게 만들며 풀을 태운다.

涼亮の月くゆらして草を燒く


달인 약 냄새 흘러넘치고 밖에 장맛비 내려.

煎薬の匂ひみなぎりさみだるる


죽은 형님의 묘지 가까이에서 뻐꾸기 우네.

亡き兄の奥津城近く閑古鳴く

─『長杜』第四卷第七號 西村省吾編 朝鮮石楠聯盟 1938. 7.

# 박영국 朴永局

스토브로 와 불을 쪼이고 있는 차장이구나.

ストーブに來てあたりをる車掌かな

―『草の實』通卷第百十六號 橫井時春編 草の實吟社 1935. 2.


딸그락 딸각 윷놀이 소리나며 시작되었다.

かたかたと擲柶晉して始まりぬ

―『草の實』通卷第百十八號 橫井時春編 草の實吟社 1935. 4.


꼬리표 달린 상태 그대로 있는 수박이구나.

つけてある荷札のままの西瓜かな

―『草の實』通卷第百二十四號 橫井時春編 草の實吟社 1935. 10.

# 박제유 朴悌瑜

큰 눈이 오자 서로 좋아하면서 뛰는 개떼들.

大雪を悦び合へる犬の群

―『草の實』通卷第百三十號 橫井時春編 草の實吟社 1936. 4.

# 손백로 孫白鷺

눈이 춤춘다 썰매 끄는 나무꾼의 나이 든 눈동자에.

雪舞へり橇引く杣の老ひし眸に

―『山葡萄』第十一卷第二號 江口元衞編 山葡萄發行所 1937. 2.

## 신석우 申石雨

전각 안에서 사람이 나타나는 구름 속 산봉.

殿閣に人あらはるる雲の峰

나타난 것이 덩굴 풀벌레인가 이슬 흥건히.

あらはれて葎の蟲や露しとど

―『朝鮮俳句選集』北川左人編 靑壺發行所 1930.

# 신하성 申霞聲

싹이 뻗어나 높이 자란 나무의 암자로구나.

芽張りたる高き木立の庵かな

—『朝鮮俳句選集』北川左人編 靑壺發行所 1930.

# 양송월梁松月

가을 비 속에 흥은사 숨은 암자 종소리 울려.

秋雨や興恩隱庵の鐘ひびく

―『草の實』通卷第百二十七號 橫井時春編 草の實吟社 1936. 1.

# 원상호元尚浩

장작 팔아서 대구를 짊어지고 돌아왔다네.

薪賣つて鱈を荷ふて戻りけり

―『草の實』通卷第百三十九號 横井時春編 草の實吟社 1937. 1.

# 원치붕元致鵬


북풍은 이제 그쳤지만 내리기 시작하는 눈.

北風のやみしが雪の降り出せり

―『草の實』通卷第百三十一號 橫井時春編 草の實吟社 1936. 5.


꽃의 물방울 요란히 떨어지네 봄비와 함께.

花しづくにぎやかに落つ春の雨

―『草の實』通卷第百三十四號 橫井時春編 草の實吟社 1936. 8.

# 유경준柳慶俊

비가 그쳐서 우는 소리 높구나 매미들 합창.

雨止みて啼き聲高し蟬時雨

―『草の實』通卷第百三十六號 橫井時春編 草の實吟社 1936. 10.

장마에 홍수 나서 집이 통째로 흘러가 버려.

梅雨出水家諸共に流れしけり

―『草の實』通卷第百三十七號 橫井時春編 草の實吟社 1936. 11.

찬밥의 맛이 더욱 깊어지는가 가을 좋은 날.

冷飯の味深まるか秋日和

―『草の實』通卷第百三十八號 橫井時春編 草の實吟社 1936. 12.

# 윤계원尹癸元

아악雅樂 소리가 들리는 대동강의 피서 유람선.

雅樂きこゆ大同江の納涼船

—『水砧』第一卷第三號 菊池武夫編 朝鮮俳句作家協會 1941. 9.

# 이기교 李崎教

하얀 매화에 여울 소리 멀리서 들리는 달밤.

白梅に瀨の音遠き月夜かな


박쥐같구나 손앞까지 어두운 기름장수는.

蝙蝠や手元も暗らき油賣


소 외양간에 모기 소리 어두운 늦더위로군.

牛部屋に蚊の聲暗らき殘暑かな

―『朝鮮俳句一萬集』戶田定喜編 朝鮮俳句同好會 1926.

# 이석훈 李石薰

밝은 달빛에 나부끼는 참억새 되어 버렸네.

月明になびく芒となりにけり

황량한 겨울 강바닥에 드러나 보이는 파밭.

冬ざれや川床にある葱畑

―『朝鮮俳句選集』北川左人編 靑壺發行所 1930.

# 이순룡 李順龍

낙엽 태우는 선로공線路工의 손이네 아침 춥구나.

落葉焚く線路工手や朝寒し

—『草の實』通卷第百三十號 橫井時春編 草の實吟社 1936. 4.

마당으로 온 올 첫 번째 나비를 본 이 흐뭇함.

庭に來し初蝶を見るうれしさよ

—『草の實』通卷第百三十二號 橫井時春編 草の實吟社 1936. 6.

# 이순철李淳哲

오래된 길에 떨어진 이삭 잠긴 비가 고인 물.

古道や落穂沈める潦

병풍 친 사람 병풍 뒤의 그늘이 되어 버렸네.

屛風貼り屛風の蔭となりにけり

산다화 꽃이 드물어지는 시기 마당을 쓴다.

山茶花のとぼしくなりし庭を掃く

사기초左義長16) 행사 산면을 물들이는 소나무의 눈.

左義長やなだれそめたる松の雪

—『朝鮮俳句選集』北川左人編 靑壺發行所 1930.

갓을 쓴 채로 벼루를 씻고 계신 스승님이네.

硯洗ふ冠つけし師匠かな

—『草の實』通卷第百號 橫井時春編 草の實吟社 1933. 10.

---

16) 일본의 정월 보름날 행사로 궁중이나 민간에서 악귀를 쫓는 행사.

하이쿠俳句의 도道 연마하는 병사와 국화탕 목욕.

俳道をたしなむ兵と菊湯かな


아침 춥구나 개미취의 꽃들이 피던 때보다.

朝寒や紫苑の花の咲きしより


추운 아침에 된장으로 국물을 끓이고 있네.

朝寒の味噌のお汁のたぎりをり


대추나무집 여인이 나오더니 대추를 파네.

棗宿女出で來て賣りにけり


능묘로 가는 길의 폭이 넓은 곳 꽃 핀 들이네.

みささぎへ道幅廣き花野かな

—『草の實』通卷第百二號 橫井時春編 草の實吟社 1933. 12.


차조기 열매 아침마다 내리는 이슬 깊구나.

紫蘇の實やあさなあさなの露深く

—『草の實』通卷第百三號 橫井時春編 草の實吟社 1934. 1.


봇둑의 안쪽 빨래터가 있구나 겨울 냇가에.

堰のうち濯ぎ場のあり冬川原

물 나오는 곳 무너져 있었네 벼 밴 뒤의 논에.

水口のくづれてをりし刈田かな

—『草の實』通卷第百四號 橫井時春編 草の實吟社 1934. 2.


수선화 마치 달려가는 것처럼 날이 저문다.

水仙に走るが如く日暮れたり

—『草の實』通卷第百五號 橫井時春編 草の實吟社 1934. 3.


늦게 와서는 두드리기 시작하는 빨래방망이.

遲れ來て打ち始めけり水砧

—『水砧』第一卷第一號 菊池武夫編 朝鮮俳句作家協會 1941. 7.


몹시 더운 날 개고기 보고 멀리 짖는 마을 개.

炎天や屠狗に遠吠え村の犬

—『水砧』第一卷第二號 菊池武夫編 朝鮮俳句作家協會 1941. 8.


입추가 되어 하루 종일 내리는 풍우로구나.

立秋の日もすがらなる風雨かな


비가 멎기를 기다리다 수박을 권유받았네.

雨やどりしてよばれたる西瓜かな

—『水砧』第一卷第四號 菊池武夫編 朝鮮俳句作家協會 1941. 10.

# 이암송 李岩松

온돌방에서 연기 냄새가 난다 추워진 게지.

溫突の烟にほへる寒さかな

—『朝鮮俳句選集』北川左人編 靑壺發行所 1930.

# 이은국李銀國

달이 건너는 설원에 기침하는 사람이 간다.

月わたる雪原人の咳きゆきぬ

—『山葡萄』第十一卷第二號 江口元衞編 山葡萄發行所 1937. 2.

# 이일보李一步

낙엽이 져서 산사 바깥문 높이 솟아 보인다.

落葉して山門高く聳え見ゆ

―『朝鮮俳句選集』北川左人編 靑壺發行所 1930.

# 이주연李朱燕

바람 불어도 눈이 녹는 날에는 하늘 푸르러.

風吹けど雪とくる日の空青き

―『長栍』第三卷第七號 西村省吾編 朝鮮石楠聯盟 1937. 7.

## 이추파 李秋波

말에 올라타 양산을 마부에게 들라고 했네.

馬にのる日傘を馬子に持たせけり

산의 숙소에 멧돼지 쫓는 소리 크게 일었다.

山宿や猪逐ふ聲の起りたる

—『朝鮮俳句選集』北川左人編 靑壺發行所 1930.

# 이태현 李泰顯

나이든 승려 낙엽을 쓸고 있는 울타리 근처.

老衲の落葉掃きゐる垣根かな

―『朝鮮俳句選集』北川左人編 靑壺發行所 1930.

# 이태호 李太湖

어깨에 쌓인 눈 모른 체 하면서 병사 서 있네.

肩の雪知らぬふりして兵立てり

나오는 하품 씹어 삼키는 창가 눈은 빛난다.

あくびかみころせる窓に雪光る

빛나는 겨울 추운 안개 마을을 감싸 버렸네.

かがよへる寒霧街を包みけり

—『長枕』第五卷第三號 西村省吾編 朝鮮石楠聯盟 1939. 3.

가시나무 싹 자라나 잔 물결을 꾀어내누나.

茨の芽のびてさざなみいざなへる

—『長枕』第五卷第四・五號 西村省吾編 朝鮮石楠聯盟 1939. 5.

소를 쫓아간 언덕의 황혼 멀리 천둥소리가.

牛を追ふ丘の黄昏雷遠き

푸른 잔디에 서 있네 부부가 된 오늘아침.

青芝に佇てりめうととなりし今朝

—『長枕』第五卷第八・九號 西村省吾編 朝鮮石楠聯盟 1939. 9.

## 이향 李鄕

어슴프레히 안개 속에 보이는 벚꽃이구나.

ほのぼのと霧の中なる櫻かな

—『朝鮮俳句一萬集』戶田定喜編 朝鮮俳句同好會 1926.

# 임규목林圭木


파란 보리의 끝자락 해원처럼 이어져 있네.

青麥の端海原に續きけり


비가 그쳤다 진흙 논이 빛나고 개구리 우네.

雨止みし泥田光りに蛙鳴く

— 『長栍』 第一卷第七號 西村省吾編 朝鮮石楠聯盟 1935. 7.


짚으로 된 담 냄새나는 근처에 고사리 말려.

藁垣の匂へるあたりわらび干す


시네라리아[17] 날개 찢어져 버린 나비가 있네.

シネラリヤ翅の破れし蝶がゐる


비 맞은 머위 가로등 불빛 땅에 떨어졌구나.

雨の蕗街燈の光り地に落ちぬ


보리 이삭이 비에 밝아 보이는 밀짚모자 챙.

麥の穗の雨に明るき藁廂


---

17) cineraria. 국화과의 관상용 식물로, 주로 여름에 다양한 색의 꽃이 핌.

보리 이삭이 바람 빛나는 경계 걸어보노라.

麥の穗の風光る目を歩みけり


바다 울음이 모래 언덕 누르고 피는 들장미.

海なりの砂丘を押して咲く野ばら

—『長栍』第一卷第八號 西村省吾編 朝鮮石楠聯盟 1935. 8.


달맞이꽃이 고기잡이 불빛에 저물어온다.

月見草濱漁火に暮れかかる


커다란 달이 바다에서 솟았네 달맞이꽃아.

大き月海より出でぬ月見草


바다로 가는 길은 멀기도 하다 달맞이꽃아.

海へ行く道はるかなり月見草

—『長栍』第一卷第九號 西村省吾編 朝鮮石楠聯盟 1935. 9.


소나무 매미 황혼녘의 햇볕이 비추고 있네.

松の蟬黃昏るる陽の射してゐる


투덜거리며 참외 파수꾼 어둔 모깃불로 와.

つぶやいて瓜番くらき蚊遺火に

비를 청하는 농악대에게 저녁 다가오누나.

雨乞ひの農樂に夕せまりくる


고향에 편지 쓰고서 밤에 들고 떠나나 묻네.

ふる里へ便り書いて夜立聞く

—『長栍』第一卷第十號 西村省吾編 朝鮮石楠聯盟 1935. 10.


조수가 차서 오는 바다 희구나 은하수 탓에.

汐みちてくる海白し天の川


메추리 나는 갈대 잎 끝자락은 노란 물드네.

鶉立つ芦の葉先の黄ばみけり


겨울 철새가 포플러 숲에 날고 해는 저물어.

渡り鳥ポプラ林に日の暮るる

—『長栍』第一卷第十一號 西村省吾編 朝鮮石楠聯盟 1935. 11.


인천 등대 불 깜박임이 더하는 안개 낀 바다.(항해 중)

仁川の灯のまたたきが增して霧(航海中)


갑판에서는 높은 소리 오가고 달은 차구나.

甲板は高き聲して月冴ゑるる

거아도는 안개 속에 떠 보여 조개를 줍네.(안면도에서)

居兒島は霧に浮へり貝拾ふ(安眼島にて)


등대의 불이 빛을 반사시켜도 차갑기만 해.(용도 등대)

燈臺が照りかへしても冷やかや(翁島燈臺)


맑은 가을 날 모래 언덕 달리는 길이 보이네.

秋晴や砂丘を走る路見ゆる

—『長柱』第一卷第十二號 西村省吾編 朝鮮石楠聯盟 1935. 12.


밤나무 낙엽 바삭바삭 밟으니 다람쥐 뛰네.

栗落葉ぼくぼくふめば栗鼠逃る


단풍 든 덩굴 미륵불 감고 있고 귀뚜리 우네.

つたもみち彌佛にからみちちろ鳴く


밤나무 잎이 가득한 산의 물은 꽤 추운 느낌.

栗の葉の一ぱい山の水さむみ


비구니들이 낙엽을 밟고 가서 나물을 씻네.(정혜사)

尼僧どち落葉をふんで菜をすすぐ(定慧寺)


빛나는 해가 구름 속에 있어서 보리씨 뿌려.

白日の雲影にゐて麥を蒔く

조각 구름이 모두 붉게 보이네 철새들 탓에.

ちぎれ雲みな赫々と渡り鳥


저녁 잠자리 구름이 동녘으로 기울어졌네.

夕とんぼ雲がひがしにかたよれる

— 『長柱』第二巻第一號 西村省吾編 朝鮮石楠聯盟 1936. 1.


저무는 가을 까치가 걸어가는 길이 하얗네.

暮れ秋の鵲が歩いて路白き


바람이 저녁 보리 씨 뿌린 재를 비추며 부네.

風夕べ麥蒔く灰の照りながら


마른 가지가 날아갈 때 부러져 저녁의 까치.

枯枝が飛ぶとき折れて暮れのカチ


달을 달리게 하는 구름 고목을 높게 만든다.

月走らす雲が枯木を高こうする

— 『長柱』第二巻第二號 西村省吾編 朝鮮石楠聯盟 1936. 2.


안개구름의 새해 첫 해 바다 위는 하얗게 됐네.

層雲の初光海上白みけり

장식 소나무 베려고 산에 오니 까치의 소란.

門松を剪る山に來てカチ騷ぎ


갑판의 눈이 군데군데 있어서 별자리 읽네.(항해중)

甲板の雪ところどころ星よめる(航海中)


정월 초하루 어린 기생의 옷에 바람 일었다.(조선신궁18)에서)

元日の雛妓の衣に風ありぬ(朝鮮神宮にて)

—『長栍』第二卷第三號 西村省吾編 朝鮮石楠聯盟 1936. 3.


스토브 남은 온기에 다가가니 황혼이 됐네.(잔업)

ストーヴのぬくみに寄れば昏くなる(殘務)


눈 내린 길에 색깔 옷 사람들이 이어져 있네.(공려조합19) 예회에 참
석하여 다섯 구)

雪の路色衣の人の續きけり(共勵組合例會に臨席して五句)


모두 색깔 옷 입고 앉은 온돌방 너무 좁구나.

みな色衣着てオンドルの狹かりぬ


---

18) 일제강점기 때 일본이 한국 식민지배의 상징으로 서울 남산 중턱에 세운 최고격
　　신사(神社).
19) 공려수리조합(共勵水利組合)을 일컫는 것으로 보이는데, 중일 전쟁을 계기로 국고
　　보조에 의존하지 않고 조합원 부담의 기채로 공사비를 지불토록 하는 조건으로
　　설립한 조합.

쌀 절약하는 봉지 위에도 눈이 쌓여 있구나.

筋米の袋に雪の積みゐけり


예금통장을 단단히 손에 쥐고 눈길을 간다.

預金帳しかと掌にして路の雪


면 서기가 연 강화講話20)는 끝났는데 눈보라 치네.

面書記の講話盡きしが吹雪しぬ

―『長栍』第二卷第四號 西村省吾編 朝鮮石楠聯盟 1936. 4.


베어진 나무 그루가 싹 틔우고 산 따스해져.

伐られたる株が芽吹きて山ぬくき


멀리 눈 오네 바닷가 물떼새는 울어대면서.

雪遠し濱は千鳥の啼きながら


남은 잎들이 눈바람에 흔들려 옅게 달 뜬 밤.

殘り葉の雪に吹かるるうす月夜


초봄 내린 눈 만년청 뾰족한 잎 비추는구나.

春の雪萬年青の葉尖照らしつつ


---

20) 강의를 하듯이 쉽게 풀어서 이야기해 주는 것.

이층으로 된 문 등불 짙어졌네 저녁 안개 속.

樓門の灯の濃くなりぬ夕霞

—『長桎』第二卷第五號 西村省吾編 朝鮮石楠聯盟 1936. 5.

해무리 산에 들어가 버렸지만 약간 어렴풋.

日輪は山に入りしがふとおぼろ

나무를 심고 문득 올려 본 하늘은 눈이 내렸네.(기념일)

樹を植ゑてふと青空は雪ふりぬ(記念日)

뱀밥을 뜯는 손바닥의 온기를 문득 마셨다.

土筆摘む掌のぬくもりをふと嗅ぎぬ

밭을 가는가 새벽하늘 찌르고 가버린 새야.

耕すや曉天衝いて去りし禽

들판 탄 흔적 가엾게 드러났네 개의 해골이.

野火跡あはれさらされ犬の骸骨

환한 대낮의 포플러 어린잎은 앞 다퉈 빛나.

白日のポプラ若葉は照り競ひ

감의 어린 잎 주막 마당의 술병 녹이 슬었다.

柿若葉酒幕の庭の甕銹びぬ

토끼 눈동자 여린 잎을 먹는데 깜박도 안 해.

兎の瞳若葉を食むにまたたかず


거미줄 끊겨 비 내린 후 어린 잎 흔드는 바람.

蜘蛛の巣の破れし雨後の若葉風

—『長栍』第二卷第六號 西村省吾編 朝鮮石楠聯盟 1936. 6.


쑥의 싹들을 골라내고 있구나 아내의 흰 손.

蓬の芽撰りつつ妻の白き手は


보리밟기로 튼튼한 다리로만 되어 가누나.

麥踏みのたくましき脚ばかりなる


꿀벌이 툭툭 떨어지고 있구나 한낮의 논에.

蜜蜂のぽとと落ちしが眞晝の田


흐린 봄날에 바구니에 담겨서 새우 숨 쉬네.

花曇り籠に居て海老息づけり


들판의 양제 도마뱀이 쪼르르 숨어들었다.

野の菫とかげちよろちよろ潛みけり


아침의 백로 아름답게 윤기가 나는 못자리.

朝の鷺つややかなれや苗代田

—『長栍』第二卷第七號 西村省吾編 朝鮮石楠聯盟 1936. 7.

저 안에 자란 호밀의 이삭 옅은 색으로 변해.

その中のライ麥の穗のうすいろに


작약 한 송이 저녁 어렴풋하게 만드는구나.

芍藥の一輪夕べほのかにす


새끼 토끼들 오글오글 모인 곳 풀이 무성해.

仔兔のうようよと草むされゐる


뽕 따고 있는 여인의 댕기 붉게 불타고 있네.

桑摘めるおみなの唐只炎えてゐる
　　　　　　　タンキ


백로 물고기 잡고 푸르른 논은 빛나고 있다.

白鷺が漁りて靑田かがやけり

　　　　　　　　　　　　　　—『長栍』第二卷第八號 西村省吾編 朝鮮石楠聯盟 1936. 8.


담배연기 풀풀 스승의 얇은 옷에 냄새가 배네.(고호公鳳21) 글방)

煙草ふかふか師のうすものを匂はしめ(公鳳書屋)


저무는 바다 흰 돛단배 장마 속 홀로 떠 있네.

海暮るる白帆梅雨にぽと浮きぬ


---

21) 이 하이쿠가 게재된 잡지 『장승(長栍)』을 주재하고 조선 샤쿠나게(石楠) 연맹이라
　　는 하이쿠 유파를 이끈 니시무라 쇼고(西村省吾)의 호(號)임.

일식이 되자 꿩이 큰 소리 내네 보리의 가을.

日蝕を雉子叫びたり麥の秋

감자 덩어리 시끌벅적하게도 캐어져 있네.

馬鈴薯の塊にぎやかに掘られけり

장마 중인데 드물게 달이 뜨자 거미 집 짓네.

梅雨の月めづらしく蜘蛛いとなめり

뻐꾸기인가 곡괭이 메아리가 나무를 타네.

郭公や鶴嘴谺木をつたふ

—『長柱』第二卷第九號 西村省吾編 朝鮮石楠聯盟 1936. 9.

동백의 열매 외로운 섬 지는 해 비춰준다네.(옹도의 등대 견학하며 세 구)

椿の實孤島の入日照らしつつ(甕島燈臺見學三句)

바위로 된 섬 산나리에 파도 다가와 치네.

巖島の山百合汐の打ち寄する

등대에 있는 아가씨 얇은 옷이 물의 색으로.

燈臺の娘のうすものの水色に

꽃 핀 수세미 툭 하고 떨어졌네 밤 장맛비에.

花糸瓜ぽとりと落ちし夜の霖雨

내린 밤비에 호리병박의 꽃이 홀로 떠 있네.

夜の雨に瓢の花のぽと浮きぬ

밤의 흰 나방 글라디올러스가 더 예뻐 보여.

夜の白蛾グラジオラスの艶やかに

—『長栍』第二卷第十號 西村省吾編 朝鮮石楠聯盟 1936. 10.

기괴한 바위 근처 노랗게 물든 단풍나무 잎.(만물상)

巖奇しくなるに黃ばみて楓の葉(萬物相)

노란 물든 잎 떨다 점점 파랗게 되는 연주담.(연주담)

黃葉ふりていよいよ碧し 連珠潭(連珠潭)

대웅전에는 마치 꿈결처럼 풀 열매 맺네.(석왕사)

大雄殿夢のよに草稔りけり(釋王寺)

이어진 산봉 달빛 황홀해 벌레 소리 듣는다.(온정리)

連峯の月恍惚と蟲聞きぬ(溫井里)

걸린 다리에 따른 내 그림자가 가을 물속에.(구룡연)

釣橋にそふわが影の秋水に(九龍淵)

—『長栍』第二卷第十一號 西村省吾編 朝鮮石楠聯盟 1936. 11.

음력 보름 밤 갈대 늪에 몸 낮춰 새를 잡는다.

十五夜の芦澤低く鳥搏てる

청명한 가을 가지를 먹으면서 벌레 움직여.

秋晴の茄子を食みつつ蟲動く

대나무 잎을 하얗게 비추면서 부는 갈바람.

竹の葉を白く照らして秋の風

강물 속에는 흰 구름 머무르는 가을의 바람.

川の中白雲泊まり秋の風

다람쥐 살짝 돌 틈에 숨어 먹는 가시나무 열매.

栗鼠ちらと石にかくれて茨の實

병난 아버지 창가에서 보이는 가을 벚나무.

父病める窓邊に映えて秋櫻

—『長柱』第二卷第十二號 西村省吾編 朝鮮石楠聯盟 1936. 12.

나무의 모습 만들며 아침 서리 깊이 내렸네.

木の影を作りて朝の霜ふかき

길이 하얘진 저녁에 넓디넓은 벼논 베었네.

道白き夕べひろびろ稲刈りぬ

태풍의 사이 햇살에 반짝이며 남겨진 홍시.

颱風の日ざしに照りて殘り柿


장맛비 오고 짐 실은 마차 모습 가늘게 보여.

時雨れつつ荷馬車の影の細りけり


논에 가 보니 아침의 오리 모습 윤기가 나네.

田について朝の鴨の艶やかに


나무들 사이 무논에 떠들썩한 밤중의 오리.

木の間の水田に騷ぎ夜の鴨

—『長栍』第三卷第一號 西村省吾編 朝鮮石楠聯盟 1937.1.


그 옛날 파 둔 참호에 내려앉는 벚꽃의 잎들.

その昔の塹壕に降る櫻の葉(松崎大尉記念碑にて)


안성의 강변 마른 곳을 비추는 저녁 지는 해.

安城の川原は枯れて夕陽照る


청나라 군사 진영이었던 언덕 다 시들었네.

淸軍の陣營なりし丘枯れぬ


강풍이 부는 나목들 새로 나는 겨울철새들.

強風の裸木渡りゐる寒鳥

꿩 울음소리 이따금 사나워진 저물 무렵 눈.

雉の聲をりをり猛る暮の雪

―『長栍』第三卷第二號 西村省吾編 朝鮮石楠聯盟 1937. 2.


발전소의 낮 조용한 가운데 한겨울 참새.

發電所の晝はひそかな寒雀


얼어 붙은 땅 대나무 사슬 빛이 달리는구나.(측량)

凍て土に竹鎖の照りが走りつつ(測量)


풀뿌리 캐는 아이가 보이누나 햇살이 짙다.

草根掘る兒が見えてゐる日ざし濃き


들미나리 싹 산그늘 추운 곳에 자라고 있네.

野芹の芽山かげさむくそだちけり

―『長栍』第三卷第四號 西村省吾編 朝鮮石楠聯盟 1937. 4.


목화씨 심는 여인의 옷에 하얀 아지랑이 펴.

棉蒔き女點に白くかぎろひぬ


산 밑자락을 전해서 오는 봄의 다듬이 소리.

山すそをつたひくるなり春砧

나무의 싹들 바람에 포플러는 서로 빛을 내.

木の芽風ポプラは照りあへる


모래 운모22)가 반짝반짝 빛나며 풀이 자란다.

砂雲母チカチカ照りて草そだつ


마을 불빛이 점점이 든 논에 첫 개구리 울음.

村の灯のまばらなる田の初蛙

—『長栍』第三卷第六號 西村省吾編 朝鮮石楠聯盟 1937. 6.


어미 소 걸음 느릿느릿한 여름 들판 불타네.(성환농장23)에서 다섯 구)

ちち牛ののそのそ夏野炎えにけり(成歡農場五句)


젖 짜는 목인 있고 여름 풀 베는 목인도 있네.

乳搾る牧夫なつくさ刈る牧夫


여름풀들이 움직이는 곳에는 작은 면양이.

夏草のうごくは小さき緬羊にて


자작나무의 숲속에 군견 소리 메아리친다.

白樺の樹林に軍犬のこだまする


---

22) 운모는 화강암 가운데 많이 들어 있는 규산염 광물의 하나로 육각 판(板) 모양의 백운모를 주로 말함.
23) 지금의 충남 천원군에 있는 지명으로 농산물과 젖소 목장, 참외로 유명함.

어미 소 있는 저쪽편의 구름은 여름의 구름.

ちち牛の彼方の雲は夏の雲

―『長栍』第三卷第八號 西村省吾編 朝鮮石楠聯盟 1937. 8.


홀로 사는 집 창가를 두드리며 밤 벌레소리.

獨り居の窓邊をせめて夜の虫


출정열차에 앉아서 바삐 우는 밤 벌레소리.

出征列車居りてせわしき夜の虫


아무 말 없는 출정하는 말에게 풀을 먹인다.(출정 열차)

もの云はぬ征馬に夏草與へけり(出征列車)


여러 가지의 강과 들판의 돌들 벌레 찾아와.

いろいろの川原の石の虫訪いぬ

―『長栍』第三卷第十號 西村省吾編 朝鮮石楠聯盟 1937. 10.


떼 지은 구름 달을 유인하면서 기러기 나네.

むら雲の月もよほして雁渡る


기생배에서 물소리 나는 가을 깊어져가네.

妓舟なる水音の秋ふかみけり

수심가 불러 달빛에 내려가는 기생배구나.

愁心歌月光くだきゆく妓舟


차가운 안개 꿈처럼 떠서 가는 기생배 등불.

霧冷へて夢のよに浮く妓舟の灯

—『長栍』第三卷第十一號 西村省吾編 朝鮮石楠聯盟 1937. 11.


들판 국화에 길은 차디차게 밟혀있구나.

野の菊にみちはつめたくふまれけり


산의 표면이 다 드러나 빛나는 길가의 국화.

山肌のあらはにひかるみちの菊


기괴한 나무 마른잎의 소리가 별 뜬 하늘로.

奇しき木の枯葉の音の星空へ


저물어 가는 새들 모습 환하게 나뭇잎 떤다.

暮れがての鳥あきらかに木の葉ふる


나무 열매를 훔친 우리 속 너구리 행운 있으라.

木の實偸すむ檻の狸の幸あらむ

—『長栍』第三卷第十二號 西村省吾編 朝鮮石楠聯盟 1937. 12.

물소리인가 바람인가 나무가 건너는 눈발.

水音か風か木渡る雪濁り


솔잎 적시는 눈 녹은 물방울의 냄새로구나.

松葉ぬらす雪の雫の匂ひかな


시끌벅적한 주막 술병에 나무 떨어지는 눈.

にぎやかな酒幕の甕の雪しづり


다니는 길이 오늘밤은 밝구나 히나[24]의 시장.

往來の今宵あかるし雛の市


포플러 나무 우듬지에 내려서 떨어지는 눈.

ポプラ木の梢に降りて雪雫

— 『長栍』第四卷第三號 西村省吾編 朝鮮石楠聯盟 1938. 3.


꿈처럼 신라 들판 어렴풋하게 가는 석가탑.(경주에서 다섯 구)

夢のよに新羅野かすみゆく釋迦塔(慶州五句)


까치떼들에 그 근처 고목들에 싹 서로 움터.(계림)

かささぎにそこらの古木芽ぐみあふ(鷄林)

---

24) 3월 3일 여자아이를 위한 명절에 선물하는 히나 인형이나 히나 축제 때 바치는 물건을 말함.

석가여래가 감포 앞바다에서 어렴풋하게.(석굴암)

釋迦如來甘浦の海のおぼろなり(石窟庵)


마른 노송잎 왕 무덤은 달빛에 몽롱하구나.(무열왕릉)

枯檜葉に王陵は月おぼろなり(武烈王陵)


대나무 숲의 아지랑이가 섞여 피는 석빙고.

竹林のかぎろひあへる石氷庫

—『長栍』第四卷第五號 西村省吾編 朝鮮石楠聯盟 1938. 5.


흐리게 보인 언덕 불빛 안개에 반짝거린다.(히타日田25)에서)

ほのかなる岸の灯霧にかがよへる(日田)


유황 분화구 연기 정상 가까운 가을의 구름.(구주 산久住山26) 정상)

硫黃噴煙いただき近き秋の雲(久住頂上)


여름 풀 자란 능선에서 소들이 움직이누나.(이다飯田 고원27))

夏草の稜線に牛動きけり(飯田高原)


---

25) 오이타 현(大分縣) 서부의 지역의 지명. 삼나무 생산으로 목공업이 활발했던 곳.
26) 오이타 현 남서부에 있는 산으로 다이센 산(大船山)과 함께 두 화산군이 고원을 이루고 있음.
27) 오이타 현 서부 화산군 북부의 산들에 둘러싸인 고원 지역.

비로야자 잎 소란하게 초가을 바다 빛난다.(아오시마靑島28)에서)

ビローの葉騒ぎ初秋の海光る(青島にて)


사카호코逆鉾29)에 절을 하고 느끼는 가을의 추위.

逆鉾ををろがみ秋の冷へせまる


풀 열매 맺는 다카치호高千穗30)의 강변 액자에 비쳐.

草稔る高千穗川原額に照る

— 『長栍』第六卷第十一號 西村省吾編 朝鮮石楠聯盟 1940. 11.


진동 멈추고 사방이 조용하게 풀꽃이 핀다.(아소 산阿蘇山31))

鳴動止みてあたりひそけく草の咲く(阿蘇)


연꽃의 이삭 방목하는 소 좋다 교태를 띠네.(구사센리草千里32))

蓮の穗牧牛いとししなつくり(草千里)


---

28) 미야자키 시(宮崎市) 남부에 있는 작은 섬으로 특별한 경관과 비로야자 등 아열대
   식물군락으로 유명.
29) 미야자키 현(宮崎縣)의 기리시마 산(霧島山) 정상에 거꾸로 세워진 약 3미터 정도의
   금속제 창.
30) 규슈(九州) 남부에 이어진 산들 사이에 위치한 작은 평지.
31) 규슈 중부에 위치한 화산으로 과거 대규모 화산활동을 보였으며 표고는 1592미터.
32) 아소 산 중앙 화구 언덕에 있는 화구 흔적으로 접시모양의 지형 전체가 초원을 이
   루는 곳.

어둠을 닫고 헤엄을 치니 섬에 불빛의 소란.(아마쿠사天草33)에서)

暗閉ちて泳げば島の灯のさわぎ(天草にて)


날아가는 공 보여 잠시 조용한 풀숲의 열기.(운젠雲仙34) 골프장)

飛球見ゆしばしひそけき草いきれ(雲仙ゴルフ場)

— 『長柱』第六卷第十二號 西村省吾編 朝鮮石楠聯盟 1940. 12.

---

33) 구마모토 현(熊本縣) 우토 반도(宇土半島)의 남서부에 있는 백여 개의 섬들로 이루어진 제도(諸島).
34) 나가사키 현(長崎縣) 시마바라 반도(島原半島)의 운젠 산악을 중심으로 한 지역.

# 임영진 林暎晋

얼음이 녹은 밭 전체면 가득히 새들 발자국.
凍解の畑一面に鳥の跡

이질에 걸린 아이 물들인 손톱 자라났구나.
赤痢の子染めたる爪の伸びにけり

강 낚시하나 모래에 묻어 놓은 막걸리 술병.
川狩や砂に埋めたる濁酒甕

금붕어 파는 아이의 뒤를 따라 여기에 왔네.
金魚賣子供について來りけり

거미의 줄에 걸리는 것도 없이 날이 맑구나.
蜘蛛の巣にかかるものなく晴れにけり

길게 뻗었네 달 가려진 하늘에 광산의 연기.
棚引くや無月の空の鑛山けむり

굴뚝 배에서 연기가 나오는가 센 바람 분다.
煙突の腹より煙や野分吹く

이슬이 내린 지게 하나 메고서 나가 버렸네.
露置きしチゲひつかつぎ出てゆけり

커다란 마당 벚나무에 꽃처럼 보인 철새들.
大いなる庭の櫻や渡り鳥

주워온 석탄 볕에 말리는 가을 버들잎 지네.
干してあるひろひ石炭柳散る

독버섯 우산 아름답게도 활짝 피어있구나.
毒茸の傘うつくしくひらきけり

광산의 갱 밖 눈 소식을 알리는 전화가 왔네.
坑外の雪知らせ來る電話かな

석탄의 불꽃 짧게 피어오르는 모닥불이네.
石炭のほのほ短き焚火かな

불어 울리는 매화 찾는 마차의 나팔소리네.
吹き鳴らす探梅馬車のラツパかな

할미새 우네 뱀 든 바구니 들고 노는 통학아通學兒.
鶺鴒や蛇籠に遊ぶ通學兒

—『落壺句集』後藤鬼橋・大石滿城編 落壺吟社 1936.

# 임용호 林勇虎


처마 가까이 와서 우는 벌레네 밤중의 한 때.

軒近く來て鳴く蟲や宵のほど

—『落壺句集』後藤鬼橋・大石滿城編 落壺吟社 1936.

## 장인석張仁錫

부엌의 물에 뜬 채로 흘러가는 낙엽이구나.

廚水に浮きて流るる落葉かな

커다란 연을 끌어안고 가다가 돌에 넘어져.

大凧を抱えて石につまづきぬ

—『朝鮮俳句選集』北川左人編 青壺發行所 1930.

## 장재운張載雲

젊은 승려가 오르간 연주하네 사월초파일.

若僧のオルガン彈くや花祭

―『草の實』通卷第百八十號 菊地武夫編 草の實吟社 1940. 7.

# 전갑인田甲寅

창문 가까이 떨어져 있었다네 때까치의 집.

窓近く落してありぬもずの贄

—『草の實』通卷第百二號 橫井時春編 草の實吟社 1933. 12.

# 정정명鄭淨明

여행을 떠나 느티나무 아래서 매미를 듣네.

立出でて欅の下に蟬を聽く


산을 넘어서 의사를 맞이하네 한밤의 이슬.

山越えて醫師迎へや夜の露

―『朝鮮俳句選集』北川左人編 靑壺發行所 1930.

## 조경득 趙敬得

논두렁 길을 한 사람 지나가네 벌레들 소리.

田圃路一人通るや蟲の聲

—『草の實』通卷第百三十七號 橫井時春編 草の實吟社 1936. 11.


오늘밤 오니 달구경하기 좋은 강변이구나.

今宵來て月見にもよき川べかな

—『草の實』通卷第百三十八號 橫井時春編 草の實吟社 1936. 12.


눈인가 하고 잘못 보일 정도의 마당의 서리.

雪かとも見違ふばかり庭の霜

—『草の實』通卷第百四十號 橫井時春編 草の實吟社 1937. 2.

# 조병규趙炳奎

봄이 가누나 쭉 뻗은 가지 마른 벗나무 대목.

逝く春や一と枝枯れし大櫻

—『朝鮮俳句選集』北川左人編 青壺發行所 1930.

# 조상범 趙相範

패강의 물이 아주 맑아졌구나 오리가 오고.

浿江の水澄みにけり鴨來たる

—『草の實』通卷第百四十號 橫井時春編 草の實吟社 1937. 2.


한 해 끝자락 거리를 잘 꾸몄네 특히 대로를.

歲端の町かざりよし大通

—『草の實』通卷第百四十一號 橫井時春編 草の實吟社 1937. 3.


하루 종일 한 사냥도 허무하게 돌아왔다네.

一日の狩も空しく歸りけり


강기슭의 배 꼼꼼히 손질하네 겨울 햇볕에.

江岸の船の手入や冬日向

—『草の實』通卷第百四十二號 橫井時春編 草の實吟社 1937. 4.


겨울의 숙소 아무도 몰래 살짝 비 내리는 밤.

冬の宿ひそかに雨の降る日かな

—『草の實』通卷第百四十三號 橫井時春編 草の實吟社 1937. 5.

고구려 땅의 붉은 흙으로 된 밭을 갈았네.

高句麗の赤土畑を耕しぬ

—『草の實』通卷第百四十五號 橫井時春編 草の實吟社 1937. 7.


꾸민 유람선 달빛을 읊어대며 흘러가누나.

遊船や月を詠みつつ流れけり

—『草の實』通卷第百四十七號 橫井時春編 草の實吟社 1937. 9.


올 가을되어 다시 들국화 피는 어머니 무덤.

この秋でまた野菊さく母の墓

—『草の實』通卷第百五十號 橫井時春編 草の實吟社 1937. 12.


가난뱅이의 엄마가 밥을 짓는 여름날 저녁.

貧乏の母が炊ける夏夕

승방의 문은 열려 젖혀져 있네 여름 달 뜬 밤.

僧房の扉開けてあり夏の月

—『草の實』通卷第百四十八號 橫井時春編 草の實吟社 1937. 10.


법정 앞마당 쓸쓸히 느껴지는 낙엽이구나.

法廷のものさびしさの落葉かな

빨간 고추를 거적을 깐 위에서 말리고 있네.

唐辛子アンペラ敷いて干しにけり

　　　　　　　　　　　　　　―『草の實』通卷第百五十一號 橫井時春編 草の實吟社 1938. 1.


만주로 가는 여행을 준비하나 마스크 사네.

滿洲へ旅の支度やマスク買ふ


밤마다 우는 이리에 익숙해져 산에서 사네.

夜每鳴く豺に馴れて山住ひ

　　　　　　　　　　　　　　―『草の實』通卷第百五十三號 橫井時春編 草の實吟社 1938. 3.


이 길을 혼자 걸어가노라 마른 들판 사이로.

この道を一人で行ける枯野かな


한 줄기로 난 험준한 길이로다 겨울 나무들.

一筋のけはしき道や冬木立

　　　　　　　　　　　　　　―『草の實』通卷第百五十五號 橫井時春編 草の實吟社 1938. 5.

# 조순봉曹順奉

무리지어서 참새들 우는구나 뱀이 온다고.

群がりて雀啼くなり蛇來れば

―『朝鮮俳句選集』北川左人編 靑壺發行所 1930.

# 조영수 趙永洙

신호 보내는 등燈에 손 쬐며 가는 추운 밤이네.

合圖燈手に當てて行く寒夜かな

—『草の實』通卷第百四十三號 橫井時春編 草の實吟社 1937. 5.

# 주재현周載賢

달 밝은 밤에 말하는 사람 있네 노래도 하네.

名月に語る人あり唄ふあり

―『草の實』通卷第百五十號 橫井時春編 草の實吟社 1937. 12.

# 지상열池相悅

다음 또 다음 지나가는 트럭에 벼가 한 가득.

次々と通るトラックに籾ばかり

―『草の實』通卷第百五十三號 橫井時春編 草の實吟社 1938. 3.

눈이 내린 길 뽀드득 뽀득 걷는 것은 나 혼자.

雪の道さくさく步む我一人

겨울 가게에 명태 방망이들이 진열돼 있네.

冬の店棒の明太魚ならべあり

―『草の實』通卷第百五十四號 橫井時春編 草の實吟社 1938. 4.

아침의 해에 비쳐 얼음 빛나는 길을 가노라.

朝の陽や氷のひかる道を行く

사온四溫의 날에 고드름 떨어지던 오늘도 지네.

四溫日和つらら落ち落ち今日もくれ

―『草の實』通卷第百五十五號 橫井時春編 草の實吟社 1938. 5.

내리던 봄비 그치고 버드나무 파랗게 되네.

春雨のあがりて柳青くなり


봄날의 햇볕 휘두르는 쟁기질 춤을 추누나.

春の日や打ち振る鍬にも躍りをり

—『草の實』通卷第百五十六號 橫井時春編 草の實吟社 1938. 6.


따뜻하구나 응달에 피어 있는 하얀 냉이꽃.

暖かや日蔭に咲ける白薺


반짝거리게 잔물결 불어가며 살랑 봄바람.

きらきらとせせらぎ吹きて春の風

—『草の實』通卷第百五十七號 橫井時春編 草の實吟社 1938. 7.

# 채세병蔡世秉

조용하게도 낙엽의 바삭 소리 듣게 되는 밤.

静かにも落葉の音を聽く夜かな

—『朝鮮俳句選集』北川左人編 靑壺發行所 1930.

# 최수연崔壽淵

벼 베는 것을 담뱃대 입에 물고 보며 간다네.

稲刈るを煙管くはへて見て行けり

―『朝鮮俳句選集』北川左人編 青壺發行所 1930.

## 최영걸 崔永杰

신기루 같은 물소리는 깃들고 풀은 푸르러.

逃げ水の音こもりゐて草青き

파란 잎 따는 옅은 푸른 빛 치마 잡아당겼네.

青葉摘むうす青きチマ引きにけり

—『長栍』第三卷第八號 西村省吾編 朝鮮石楠聯盟 1937. 8.

# 한계헌漢溪軒

초겨울이네 바람 들이친 마당 소나무 하나.

初冬や風あたる庭の松一樹

―『朝鮮俳句一萬集』戶田定喜編 朝鮮俳句同好會 1926.

# 한용욱韓容郁

물 긷는 여인 살구꽃 사이에서 나타났다네.

水汲女花杏よりあらはれぬ

매일 아침에 떨어진 사과 비로 쓰는 나로세.

朝々の落林檎掃く僕かな

—『朝鮮俳句選集』北川左人編 靑壺發行所 1930.

# 한조자韓朝子

작은 역 나와 주위에 사람 없고 마른 들판뿐.

小驛出てあたり人なき枯野かな

―『朝鮮俳句一萬集』戶田定喜編 朝鮮俳句同好會 1926.

# 한호석 韓灝錫


금강산 바위 씹는 소리 내는가 가을의 바다.

金剛の岩咬む音や秋の海


아침에 서린 김에 무지개 오른 온정리 마을.

朝浴びや湯氣に虹立つ溫井里


이백과 두보 있었다면 흘렸을 눈물 구룡연.

李杜あらば涙こぼさん九龍淵

— 『金剛句歌詩集』成田碩內 蟲屋商店 1927.

# 허기서許基瑞

산 밑자락을 둘러싸는 낙엽의 외길이로다.

山裾をめぐる落葉の一路かな

—『朝鮮俳句選集』北川左人編 靑壺發行所 1930.

# 허담許淡


첫 인쇄물에 하이쿠 경력 얕은 나의 한 구가.

初刷や俳諧あさき我が一句

—『草の實』通卷第百五號 橫井時春編 草の實吟社 1934. 3.


찢어진 문에 바른 종이 사이로 한기가 든다.

破れ戸に目張りの紙や寒の入


원숭이 가둔 멍석이랑 돗자리 소한이 됐네.

猿圍ふ莚や莫蓙や寒に入る


춘련春聯35)의 종이 겹쳐서 붙여 놓은 둥그런 기둥.

春聯の貼り重なりて丸柱

—『草の實』通卷第百六號橫 井時春編 草の實吟社 1934. 4.


새들 지저귐 신발을 말려 놓고 있는 영명사.36)

囀りや沓を干したる永明寺

---

35) 중국에서 시작된 풍습으로 정월에 좋은 문구를 붉은 종이에 써서 문 입구에 바르는 것.
36) 평양의 금수산에 있는 고려 초 창건된 사찰. 1894년 청일전쟁 때 대부분 불타고 다시 지었으며 일제강점기 때는 삼십일본산(三十一本山) 중의 하나로 지정되기도 함.

지저귐 소리 어떤 새는 절 창가 가까이 있네.

囀りの或は寺の窓近く

―『草の實』 通卷第百七號 横井時春編 草の實吟社 1934. 5.

● 영명사永明寺

저녁 동풍에 움직일 리도 없는 커다란 문짝.

夕東風や動くともなき大扉

―『草の實』 通卷第百八號 横井時春編 草の實吟社 1934. 6.

성곽 한쪽이 무너진 산이구나 구름 속 산봉.

城郭の崩れし山や雲の峯

서쪽 편 사당 지붕의 위에 내려 있는 살구꽃.

西廟の屋根の上なる花杏

단애 절벽의 살구나무 아래는 바로 영명사.

斷崖の杏の下は永明寺

―『草の實』 通卷第百九號 横井時春編 草の實吟社 1934. 7.

산사에 있는 오래된 나무절구 백합꽃 옆에.

山寺の木臼は古りぬ百合の花

―『草の實』 通卷第百十號 横井時春編 草の實吟社 1934. 8.

약간 어두운 연못을 돌아보며 더위 식힌다.

ほの暗き池をめぐりて涼みけり


뱃전에 다리 아무렇게나 두고 더위 식히네.

舷に足投出して涼みけり


갯강구 벌레 기어 다니는 마당 쓸어버렸네.

船虫の匍ひゐる庭を掃きにけり


다 쓸고 나니 마당이 밝아졌네 오동나무 꽃.

掃き了へて庭明るさや桐の花

—『草の實』通卷第百十一號 橫井時春編 草の實吟社 1934. 9.


매미의 소리 아주 가까이에서 듣는 영명사.

蟬の聲間近かにありぬ永明寺


가사 말리는 산 속의 좋은 날씨 솔잎이 지네.

袈裟を干す山の日和や松葉落つ


더위 식히는 배 등불 켠 때부터 장막을 쳤네.

涼み船灯ともしより幕張りぬ


뽕나무 열매 바람에 움직이며 넘쳐 떨어져.

桑の實の風に動きてこぼれけり

—『草の實』通卷第百十二號 橫井時春編 草の實吟社 1934. 10.

맑은 가을날 고구려의 성벽이 산봉을 타네.

秋晴や高句麗城は峰つたひ


맑은 가을날 뱃머리를 향하여 가는 모란대.

秋晴やへさきを向ける牡丹臺


담쟁이 열매 바위에 걸린 채로 익어가누나.

蔦の實の岩にかかりて熟れにけり


된장 단지가 늘어선 마당에는 가을 벚나무.

味噌甕の並びし庭や秋櫻

—『草の實』通卷第百十三號 橫井時春編 草の實吟社 1934. 11.


새 잡는 미끼 새장 다시 옮기고 한숨 돌리네.

囮籠移しなほして憩ひけり


야학의 아이 한화漢和사전37)을 품에 안고서 오네.

夜學の子漢和辭典をかかへ來る


바가지 열매 익어 회화나무의 아래 두세 채.

バカチ熟れて槐の下の二三軒

—『草の實』通卷第百十四號 橫井時春編 草の實吟社 1934. 12.


---

37) 한자의 읽기와 풀이를 일본어로 한 사전.

테이블 위에 전화기가 있구나 복어 요리집.

卓上に電話機のあり河豚料理

거대한 바위 그늘에서 나오는 새 잡는 사람.

大いなる岩の蔭より囮守

―『草の實』通卷第百十五號 橫井時春編 草の實吟社 1935. 1.

아무도 밟지 않은 눈에 커다란 구두 발자국.

處女雪に大いなる靴をしるしけり

탑의 그림자 이르는 그 끝에는 오래된 매화.

塔影の届く處に梅老ゆる

마른들로 와 큰 자물쇠를 고분 문에 걸었네.

枯野來て大いなる鍵を墳の扉に

사찰 승방의 소리 없는 낮이네 겨울나무들.

僧房の音なき晝や冬木立

―『草の實』通卷第百十六號 橫井時春編 草の實吟社 1935. 2.

소나무의 눈 계속 흘러 떨어지는 길을 가노라.

松の雪こぼれつづける道を行く

겨울을 나는 방 예로부터 내려온 편액이 있네.

冬座敷昔ながらの額はあり


기자箕子의 묘38)도 깊은 눈 속의 길이 되어 버렸네.

箕子廟も深雪の道となりにけり


벙어리장갑 뜨개질 하고 있는 버스 차장님.

手袋を編み居るバスの車掌かな

―『草の實』通卷第百十七號 橫井時春編 草の實吟社 1935. 3.


청동으로 된 학이 물 뱉어 내네 봄바람 불고.

からかねの鶴が水吐く春の風


고구려의 길 여기서 갈라졌네 제비꽃자리.

高勾麗道ここに岐れし菫かな


서묘39)의 자리 흙으로 된 낮은 담 봄풀이 자라.

西廟の土塀の低き春の草

―『草の實』通卷第百十八號 橫井時春編 草の實吟社 1935. 4.


38) 평양에 있는 기자릉을 일컬음. 기자는 중국 은나라 말기의 현인인데, 기자 조선의
실체는 불분명함.
39) 서묘는 1902년 현재의 서울 서대문구에 세운 관왕묘(關王廟)를 말하는데, 허담은
평양 사람이므로 평양에 있던 서묘를 일컫는 것으로 추측됨.

만종 소리가 메아리로 답하는 산도 웃는다.

晩鐘の應へる山も笑ひけり


손목시계는 책상 위에 올리는 대시험의 날.

腕時計机の上へ大試驗

—『草の實』通卷第百十九號 橫井時春編 草の實吟社 1935. 5.


넓디넓게도 벚꽃놀이의 막을 펼쳐놓았다.

ひろひろと花見の幕を張りにけり


끝없이 지는 벼랑의 살구꽃이 있는 영명사.

絶えず散る崖の杏や永明寺


을밀대에서 져가는 꽃자리를 아쉬워하네.

乙密に散り行く花を惜みけり


신록에 물든 저기 저 충혼탑이 높기도 하다.

新綠に忠魂塔の高さかな


큰 배를 강가 아지랑이 피는 곳 옆으로 대네.

大舟を陽炎ふ岸に橫ふる


큰 바위에서 잠시 쉬다 가누나 꽃놀이 손님.

巨いなる石に憩へり花の人

—『草の實』通卷第百二十號 橫井時春編 草の實吟社 1935. 6.

을밀대에는 번개 불빛 달리는 저녁 소나기.
乙密に稲妻走る夕立かな


바다로부터 바람 쉴 새 없는 새 잎 난 나무.
海よりの風いとまなき新樹かな


여름 풀 났네 고치지 않고 놔둔 무너진 문에.
夏草やつくろはずあり崩れ門

―『草の實』通卷第百二十二號 橫井時春編 草の實吟社 1935. 8.


하얀 백합이 섰다가 눕는 바람 곧 비 오겠네.
白百合の起き伏す風や雨近し


패강浿江40)에 부는 바람을 품고 있는 모기장이네.
浿江の風を孕める蚊帳かな


어부의 집의 불 켜지 않은 마당 달맞이꽃 펴.
蜑が家の燈さぬ庭の月見草


강의 표면에 별빛들 아름다운 밤 모습이네.
川面に星美しき夜振かな

―『草の實』通卷第百二十三號 橫井時春編 草の實吟社 1935. 9.


---

40) 평양 대동강의 다른 이름.

흔들거리며 바람에 비껴 오는 불꽃이구나.

ゆらゆらと風にそれ來し花火かな


종묘 벽돌로 된 벽이 낮은 곳에 이끼 꽃이네.

大廟の甎壁低し苔の花

— 『草の實』通卷第百二十四號 橫井時春編 草の實吟社 1935. 10.


패강의 강변 모래사장 끝없이 꽃 핀 참억새.

浿江の砂濱つきず花芒


언덕의 숲에 들여다보이는 길 요란한 벌레.

陸林に見えすく徑や蟲時雨


잡싸리 꽃이 드문드문 펴 있는 길이로구나.

山萩のちらほら咲ける徑かな


● 영명사 永明寺

벌레들 우는 마당에 아이 안은 돌이 있을 뿐.

蟲の庭子孕み石のあるばかり

— 『草の實』通卷第百二十五號 橫井時春編 草の實吟社 1935. 11.

낙랑41)의 길이 모이는 곳에 핀 꽃 들판이네.

樂浪の道のあつまる花野かな


을밀대 하늘 지극히 맑았구나 철새는 날고.

乙密は晴れ極はまりぬ渡り鳥


평양 낮 계속 더운데 책 펼치고 수달의 제사獺祭忌.42)

平壌の晝尚暑し獺祭忌

—『草の實』通卷第百二十六號 横井時春編 草の實吟社 1935. 12.


정월의 쥐가 불 켜지 않은 방을 울며 지나네.

嫁が君燈さぬ部屋を鳴き渡る


하늘 가 잎새 떨어뜨려 남긴 큰 포플러 나무.

天邊の葉の落ち殘る大ポプラ


낙엽에 부는 바람 칠성문43) 지나 빠져나가네.

落葉風七星門を吹き拔けて


패강의 물이 현저히 줄었구나 가을 맑은 날.

浿江の水ぐんと減り秋日和

---

41) 청천강 이남 황해도 자비령 이북 일대에 있던 한사군(漢四郡) 중 하나인 낙랑군.
42) 달제는 수달이 물고기를 잡아 제사지내듯 늘어놓는 것을 표현한 말로, 시문(詩文)을 지을 때 많은 참고 서적을 펼쳐 늘어놓고 고사(故事)를 인용하는 모습을 비유.
43) 칠원성군, 즉 불교에서 말하는 북두의 일곱 성군을 주신으로 모신 사당의 문.

아침 종소리 평소처럼 울리네 안개 속에서.

朝の鐘常のごと鳴る霧の中

—『草の實』通卷第百二十七號 橫井時春編 草の實吟社 1936. 1.


탑의 그림자 분명해진 마당에 옅은 햇살이.

塔の影定まる庭の薄日かな


봇둑 막아서 무를 씻을 수 있는 물이 고였네.

堰止めて大根洗ふ水のあり


이 문의 수리 공사가 진행됐네 첫 얼음 언 때.

此の門の普請すすみぬ初氷

—『草の實』通卷第百二十八號 橫井時春編 草の實吟社 1936. 2.


물새에게서 빠진 깃털 떠 있는 물 퍼 올렸네.

水鳥の抜け羽ただよふ水汲めり


이 강이 흘러 말라가는 곳에서 빨래를 했네.

此の川の涸れ行く水に濯ぎけり

—『草の實』通卷第百二十九號 橫井時春編 草の實吟社 1936. 3.


늙은 몸으로 밧줄 끈 묶고서는 바지락 캐네.

老ゆる身に縄帯しめて蜆掻く

산의 그림자 길어져 오는 강가 바지락 캐네.

山影の伸び來る川の蜆搔く

—『草の實』通卷第百三十二號 橫井時春編 草の實吟社 1936. 6.


을밀대 처마 아래에 있는 어린 잎 졸참나무.

乙密の簷の下なる楢若葉


을밀대 기둥 기대어 꽃놀이에 지친 몸 쉬네.

乙密の柱に凭れ花疲れ


밤 벚꽃놀이 소복 입은 기생이 보러 왔구나.

夜櫻に素服の妓生來たりけり

—『草の實』通卷第百三十三號 橫井時春編 草の實吟社 1936. 7.


몇 번씩이나 사라지는 달인가 장맛비 하늘.

いくたびも失ふ月や梅雨の空


을밀대 바로 주렴 너머 보이는 새집이구나.

乙密の簾越しなる新居かな

—『草の實』通卷第百三十六號 橫井時春編 草の實吟社 1936.10.


담쟁이덩굴 마른 것을 휘감은 영명사의 벽.

枯蔦のまとへる壁や永明寺

마스크하고 돌아보는 사람의 눈동자 웃네.

マスクして振り向く人の瞳が笑ふ


해 지날수록 화조 그림 옅어진 병풍이구나.

年々に花鳥うするる屏風かな


메고 가는 저 큰 톱은 신년 맞이 나무 베겠지.

かつぎゆく大鋸や年木割


냄비 안 재료 부글부글 끓이는 망년회 자리.

鍋のものぐつぐつ炊ぎる年忘れ

―『草の實』通卷第百四十號 横井時春編 草の實吟社 1937. 2.


새해 첫 참새 날아오른 가지가 움직이누나.

飛び立ちし枝の動きや初雀

―『草の實』通卷第百五十一號 横井時春編 草の實吟社 1938. 1.


병사 떠났네 대지가 조용한데 빨래방망이.

兵去りし大地靜かや水砧

―『水砧』第一卷第一號 菊池武夫編 朝鮮俳句作家協會 1941. 7.

# 허석천許石泉

둑방의 길이 어둠 속에 하얗네 반디는 날고.

堤の徑闇に白さや螢飛ぶ

ドテ

—『草の實』通卷第百號 橫井時春編 草の實吟社 1933. 10.


벌레들 소리 풀 속에 흘러가는 기린굴44)이네.

蟲の聲草に流るる麒麟窟

—『草の實』通卷第百一號 橫井時春編 草の實吟社 1933. 11.


아이를 안고 늙은 아내 부르는 국화탕 목욕.

子を抱いて古妻を呼ぶ菊湯かな


추운 아침에 밥을 짓는 연기를 피는 토막민.

朝寒や炊煙あげて土幕民

—『草の實』通卷第百二號 橫井時春編 草の實吟社 1933. 12.


---

44) 평양에 있는 자연동굴. 고구려 시조인 동명왕이 이 굴속에서 기린과 같이 늘씬하고 빠른 말을 타고 나와 하늘로 올라갔다는 전설에서 이름이 유래.

잠깐 동안은 들리지 않았네 먼 다듬이 소리.

しばらくは聞えずなりぬ遠砧


두세 단으로 계곡에 자리잡은 벼 벤 뒤의 논.

二三段谷におちこむ刈田かな


물풀이 자란 두렁에 말라 있는 벼 벤 뒤의 논.

水草の畦に乾ける刈田かな

—『草の實』通卷第百三號 橫井時春編 草の實吟社 1934. 1.



노루 오두막 큰 구장의 안쪽에 위치해 있네.

獐小屋は大球場の奧にあり


처마 안쪽에 제등을 걸고 노루 가죽을 벗겨.

軒裏に提灯吊りて獐剝げり


● 만주출정滿洲出征

병사들 중에 몇 사람이 쪼이는 모닥불이네.

兵士等の或はあたる焚火かな

—『草の實』通卷第百四號 橫井時春編 草の實吟社 1934. 2.

# 홍초설洪梢雪

밖으로 나가 어미 한참 기다린 저녁 뜸부기.

外に出て母待つ久し夕水鷄

―『草の實』通卷第百五十二號 橫井時春編 草の實吟社 1938. 2.

# 일제강점기 조선인의 일본 전통시가 창작

일제강점기 한반도의 일본 고전시가 장르에 대해서는 한국의 일본문학 연구자, 한국문학 연구자, 일본의 일본문학 연구자에 의해 소수 연구되기도 하였지만 이들 작품과 조선인 작가에 관한 연구는 창작된 작품 규모에 비해 아직 연구가 본격적으로 이루어지지 않은 영역이라 할 수 있다.

이 책의 해제에서는 1910년을 전후한 일제강점기 초기부터 1940년대에 이르기까지 한반도에서 단카와 하이쿠를 중심으로 한 일본 전통시가 장르에 조선인 작가들이 어떻게 관여하고 창작활동을 전개해 나가는지에 관해 시기별로 구분하여 정리하고자 한다.

## 1. 일본에 의한 강제 병합 이전부터 1910년대

1920년대 한반도에서 일본고전시가 장르가 문단을 형성하여 작품집이나 전문잡지를 간행하기 이전에는 주로 일본어 잡지나 신문 등의 문예란을 통해 단카, 하이쿠 등이 발표되었다. 예를 들면, 조선이 일본의 보호국으로 되기 이전부터 『한국교통회지韓國交通會誌』(京

城, 1902-03, 전5호), 『한반도韓半島』(京城, 1903-06, 전5호), 『조선평론朝鮮評論』(釜山, 1904, 전2호) 등을 비롯하여 다양한 매체를 통해 폭넓게 그리고 지속적으로 발표되기에 이른다. 그러나 여기에서는 아직 조선인으로 보이는 작가의 작품을 특정할 수 없다.

우선 1908년 우스다 잔운의 저서 『암흑의 조선』에 실린 조선인 하이쿠가 가장 이른 시기에 창작된 조선인의 일본 전통시가 작품들이라 할 수 있다. 그런데 『암흑의 조선』의 마지막 항목 「조선인의 하이쿠」(薄田斬雲, 『暗黑なる朝鮮』, 日韓書房, 1908. pp.263-267)에 실린 예를 보면,

- 하이쿠 짓는 내가 바로 문학의 박사로구나.
  俳句作る吾は文學博士かな
- 마음을 써서 지으려 해도 못할 하이쿠구나.
  氣を入れて作れどできぬ俳句哉
- 한인 순경에 총을 못 들게 하니 이상하구나.
  スンゴンにチョンを持たせぬ不思議哉
- 일본의 옷을 입고 남산공원을 산책하누나.
  和服着て南山公園散步哉
- 기생과 함께 하이칼라가 가는 종로로구나.
  キイサンとハイカラと行く鐘路哉

와 같은 식으로 계절감이나 사생寫生을 골자로 하는 하이쿠와는 거리감이 있고 사건이나 행위를 중심으로 표현하고 있다. 이에 대해 우스다는 '열일곱 글자 형식을 가르쳐주니 조선인이 활발히 하이쿠를 지어냈다. 기상천외, 상식으로 상상도 못할 듯한 포복절도할 명구들이 속속 지어졌다'며 이를 '웃음거리'로 제공한다고 하였다. 위

의 인용 외에도 나머지 마흔아홉 구는 하이쿠의 기본 규칙인 17자 정형률에 얽매인 나머지, 구를 매듭짓는 기레지切字가 천편일률적으로 '-구나哉' 외에는 사용되지 않고 있으며, 하이쿠 작법의 기본 규칙인 기고季語나 화조풍영花鳥諷詠, 사생 기법 등은 찾아볼 수 없다고 폄하한다. 그러나 하이쿠로 보기에는 미흡한 이 구들을 초기 센류川柳로 본다면 어떠할까? 특히 세 번째 구에 대해서는 '일본 순사만이 피스톨을 휴대하는 것을 탓하는 뜻'이라고 우스다가 부연설명을 달고 있는데, 자연환경이 아닌 세태에 대한 불만과 야유, 특유의 골계와 해학, 경묘한 풍자 등 인간백태에 골자를 두는 장르가 센류라면, 작품수준에 대해서는 논란의 여지가 있겠으나 센류 범주에 넣기에 타당한 작품들이라 할 수 있다.

조선이 일본의 식민지가 된 이후인 1913년만 하더라도 조선인 중 일본어 해독이 가능한 비율은 0.61%로 1%도 되지 않았다고 한다. 이를 상기하면 1908년에 채록된 이른 시기의 조선인 하이쿠는 하이쿠라 하기에 부족할지언정 일본어가 해독 가능한 매우 극소수의 조선인 식자들에 의해 창작된 것이 분명하다. 우스다 잔운 자신도 위의 하이쿠 작가들이 '한시를 지을 정도의 학문도 있고 문필 재능도 있는 인간들'이라고 덧붙여 설명하고 있으므로, 조선인들의 초창기 일본 고전시가에 대한 이해를 잘 보여주는 대목이라 하겠다. 계절감과 세시기歲時記에 기반한 기고季語라는 제약이 하이쿠다운 하이쿠 창작의 걸림돌이었고, 조선인들이 시도한 초기의 17자 일본어 단시는 속세간의 인사人事를 그려낸 가벼운 센류풍으로 흐른 것은 어쩌면 자연스러운 귀결이었다.

위의 예들이 「조선인의 센류」라는 제목 하에 제시되었다면 기상천외하거나 포복절도할 언어도단의 작품도 아니었을 것이다. 『암흑의 조선』은 원래 서른여섯 항목에 걸쳐 조선인의 풍속이나 생활상을 멸시적이고 차별적인 관점에서 그린 저술이다. 따라서 소설가로 활동했던 문학사 우스다 잔운이 하이쿠와 센류의 구분을 스스로 몰랐다기보다는, 조선의 실상이 얼마나 미개한지 차별적 의식에서 저술한 이 책의 의도에 부합시키기 위해서 서툴고 조잡한 「조선인의 하이쿠」로 제시했다고 볼 수 있다. 그러나 내용적으로는 한인 순경과 일본인 순경의 차별, 하이칼라로 대표되는 신문화에 대한 조롱 등의 하이쿠도 보여 당시 새로운 시대상에 대한 저항감과 골계 등도 은연 중 내포되어 있다.

이에 대한 또 하나의 근거는 일본에 의해 본격적인 식민지배가 시작된 1910년부터 십 년 정도 조선에서 대규모로 창작된 센류 작품들이 수록된 『조선 센류朝鮮川柳』(1922년)라는 단행본에서 찾을 수 있다. 이 책에서 센류를 다루지 않은 만큼 해제를 통해 하이쿠와 같은 5·7·5의 글자수를 기본으로 하는 대중적 단시 센류의 전개에 관해 좀 더 구체적인 설명을 부기하고자 한다.

『조선 센류』의 편자는 류켄지 도자에몬柳建寺土左衛門으로 본명은 마사키 가오루正木薰인데 동성동명인이 있어서 1917년부터 마사키 준쇼正木準章로 통칭하였다는 기록이 있다. 그는 조선에서 주로 1912년부터 1922년까지 발표된 센류들 중 천 명 이상의 4,662구를 게재하고 있다. 이 작품집은 '조선의 경輕문학 중 단행으로 출판된 것은 본서를 그 효시로 하는 영광을 입는다'고 했으므로 조선에서 간행된 최초의 센류 작품집일 것이다. 류켄지는 1911년 조선으로 건너와 센류 선전과 확산에 진력했고 빠른 시간에 조선 센류계의 제일인자로 평가받은 인물이었고, '식민지 기풍과 센류풍'이 '활기 있는 인간미에서 합치되고 직접 영합되'는 센류의 장르적 특성 때문에, 1910년대 전반에 이미 센류회가 조선 여러 곳에 개설될 정도로 순조로운 발전을 이루었다. 『조선센류』에 따르면 1920년 이전에 이미 『조선신문朝鮮新聞』, 『조선시보朝鮮時報』, 『조선민보朝鮮民報』, 『원산매일신문元山每日新聞』 등의 신문에 센류란이 마련되었으며, 『대륙공상大陸工商』, 『남대문南大門』, 『무쓰미むつみ』, 『꽈리酸漿』, 『신선로神仙爐』와 같이 센류 작품이 게재되거나 센류 전문 잡지가 있었다고 한다. 이상의 신문, 잡지들은 현존본을 구하기 어려워 상세한 사항은 알기 어렵지만, 『조선센류』에는 재조일본인뿐 아니라 상당수 조선인들도 참여했을 추측된다. 다만 아호雅號만으로 제시되어 있어 인물은 특정하기 어렵다. 하지만 예를 들어,

- 왜놈을 보면 토담집 안으로 사라져버려.
  ワイノムを見ると土塀の內に消え
- 왜놈이라는 말 시장에서 들으면 째째한 인간.
  ワイノムを市場で聞けばけちな奴
- 빈대 잡기를 부동명왕이 검을 찾는 것처럼.
  ビンデ狩不動が劍を搜す樣
- 총각이라고 하는 그 적적함에 피리를 불고.
  チョウガーと云ふ淋しさに笛を吹き

와 같이 조선의 일상적 인간사나 일화를 다루고 있다는 점, '왜놈'으로 대변되듯이 식민지 조선에서 종주국 일본인에 대한 반감이 나타나고 있다는 점, 현지 언어(조선어)를 적극적으로 담아내려는 점 등이 앞서 본 「조선인의 하이쿠」와 공통적이다.

참고로 『조선 센류』 권말에는 '주해註解'가 상당분량 부기되어 있는데, 여기에는 '선어鮮語', 다시 말해 센류 구 안에 사용된 한국어의 발음과 그 의미를 일본어로 상세히 설명해 둔 170여 개의 항목이 들어있다. "이것 봐라(イゴッパラ)", "이래(イロ)", "하나 먹어(ハナモコ)", "지게(チゲ)", "왜놈(ワイノム)", "좋은 날(チョフンナリ)", "아리랑(アララン)" 등이다. 이 항목들은 1910년대, 즉 일본에 의한 한국의 강제 병합 이후 약 십 년 간 재조일본인들의 눈에 비친 조선의 말, 조선인, 조선의 풍속 등을 알 수 있는 사전적 자료이자 식민지 학지의 축적이다.

1910년대까지는 조선인 작가가 일본 고전시가 장르에서 두드러진 활약을 한 자료는 많지 않지만 재조일본인과 조선인들이 서로의 언어와 문화를 학습하고 탐색하며 습작을 시도한 '미성년의 연대'로 일컬어진다. 중요한 예로 조선인 작가 염상섭이 시조는 지어본 경험이 없어도 소년 시절 '일본의 와카和歌'를 일본어 습작처럼 지었다고 회고하는데, 1897년생인 염상섭의 소년시절은 1910년대와 정확히 맞물리며 그의 와카 창작은 일본어 습작이었다는 것이다. 1910년대 한반도 이중어 상황과 문학의 미성년적 구조가 가지는 의미와 문제점에 관해서는 권보드래의 논고 「1910년대의 이중어 상황과 문학 언어」(『한국어문학연구』 제54집, 2010. pp.5-43)가 참고가 된다. 어쨌든 1900년에서 1920년에 이르는 초기 조선인 일본고전시가 작품에서는 조선어의 흔적, 조선문화, 식민지화와 이에 대한 반감, 멸시와 저항감 등이 일본어 문학을 통해 착종하고 있어서 식민지 문학의 혼종성을 적나라하게 보여주고 있다.

## 2. 1920년대부터 1930년대 중반까지

단카와 하이쿠는 1920년대부터 일본에서 조선으로 건너온 유력 가인歌人, 하이진俳人들에 의해 전문 문학잡지와 더불어 단행본 가집, 구집이 활발하게 간행되었고, 1930년대에는 전국 각지에서 유파별 활동이 경합적으로 이루어지거나 내지 일본의 가단歌壇, 혹은 하이단俳壇에 역으로 영향을 줄 만큼 성장하는 양상을 보인다.

### ▌단카

먼저 단카의 경우를 살펴보기로 하자. 한반도에서 간행된 단카 단행본과 단카 전문 잡지들을 관견管見한 바, 단카를 창작한 조선인 가인들은 이미 1920년대 후반에 한반도 가단을 형성한 주요 잡지에 등장한 것으로 보인다. 현존본이 많지 않아 정확한 파악은 어렵지만 『시라기누新羅野』와 같은 잡지는 1929년 간행본에 조선인 가인의 단카를 수록하고 있어 꾸준히 단카 투고를 한 조선인은 결사별로 소수이지만 존재했을 것이라 추측한다.

1930년대에는 더욱 많이 확인되는데 그중 눈여겨 볼 가인은 김정록金正祿이다. 조선신단카협회朝鮮新短歌協會가 1934년 12월 발행한 단카 전문 잡지『가림歌林』에 신인 작품으로 게재된 김정록의 단카 열 수는 정형을 따른 정통 단카가 아닌 구어자유율 단카라는 점이 매우 특징적이다. 그의 단카들은 내용적으로 어머니나 누이에 대한 절절한 가족애, 연인에 대한 사랑의 감정, 현실생활의 고충에 대한 감상 등 조선인의 일상생활이 있는 그대로 잘 드러나 있다. 이 협회가 말하는 '신단카'는 '새로운 현실파악'과 '객곽적 과학적 방법'으로 자기비판을 통해 새로 개념되는 단카로, 1927년 일본에서 신단카협회가 설립되어 구어가인들이 자유율 구어단카를 주장하던 모더니즘 단카와 프롤레타리아 단카를 포함한 신흥단카운동과 관련된 맥락이었던 것으로 파악된다. 김정록의 단카들은 '현대인은 현대인의 용어로써 현대 사회를, 생활을, 감각을, 감정을 노래해야 한다'는 과거 신흥단카의 기치를 잇는 내용들로 볼 수 있다. 조선인으로서 정형 단카의 룰을 따르고 고어의 전통을 따르는 구舊단카보다 내재적 음률과 구어, 현대인의 현실적인 생활을 강조한 신단카가 제국의 언어로 표현하는 데에 제약이 적었음이 당연하다. 하이쿠나 센류에 비해 조선인의 단카 출현은 매우 늦은 편인데 그 첫 사례가 구어자유율 신단카에서 등장한다는 것은 단카 구사가 조선인에게는 가장 구사하기 어려운 일본어 장르였다는 것을 방증한다.

조선인의 단카가 대량으로 등장하는 단행본은 1935년에 간행된『조선풍토가집朝鮮風土歌集』이다. 여기에 게재된 조선인의 단카들은, 정형을 무리 없이 맞추고 있고 어휘 구사력도 크게 차이가 나지 않

아 일본어 사용에 능숙한 정도가 함께 실린 다른 일본인 가인들에 비해 손색이 없다. 내용적으로는 조선 부락과 풍경·자연, 풍속, 그리고 가족의 정이 자연스럽게 표현되고 있다. 까치, 온돌, 기지배(キジベ, 계집애), 아이고哀号와 같은 조선의 고유어를 단카에 표현하고 있다는 점, 어머니에 대한 걱정이나 연인을 기다리는 연가戀歌를 통한 보편적 인간애도 엿보인다. 무엇보다도 『조선풍토가집』의 조선인 가인들 단카에는 이 가집이 추구하는 '조선색'이라는 로컬컬러가 조선인 시선에서도 포착되었다는 공통점을 지적할 수 있다.

1920년대에서 30년대 중반에 이르는 시기에 조선인 작가는 한반도에 일본 전통시가 문단이 정착하여 다양한 유파의 경합이 이루어지는 분위기 속에서 활발한 활동을 보였다. 조선인 작가는 일본인 작가들에 비해 손색이 없을 정도로 유창한 일본어로 고전시가 작품을 창작하였으며 조선인의 시각에서 자신들의 일상과 가족애, 조선의 풍속, 풍경을 노래하여 당시 조선적인 로컬컬러라는 분위기에 적극 호응해 갔다.

▎하이쿠

다음은 하이쿠인데, 습작 시대를 거쳐 1920년대에 들어서면서 이윽고 조선의 하이쿠 세계, 즉 하이단俳壇에는 호토토기스ホトトギス파를 중심으로 한 하이쿠 잡지와 하이진俳人의 비약적 증가를 맞이한다. 이 중 1920년대를 대표하는 조선인 하이진은 단연 '조선의 마사오카 시키政岡子規'라 일컬어진 목포 '카리타고음사かりたご吟社'

의 박노식朴魯植이다. 호토토기스 계열 하이쿠의 영향 하에 조선에서 하이진이 되어 일본에서도 크게 인정을 받고, 목포에서 재조일본인과 조선인 하이진 육성에 노력했던 박노식의 활약과 행적에 관한 연구는 나카네 다카유키中根隆行에 의해 이루어진 바 있다. 따라서 다음에서는 박노식 외의 한반도 호토토기스 계열의 조선인 하이진에 대해 살펴보기로 한다.

우선 1920년대부터 1930년대 중반까지 한반도에서 간행된 하이쿠 작품집에 등장한 조선인 작가들이다. 그 중 최초의 것은 도다 사다요시戶田定喜가 편찬한 『조선하이쿠일만집朝鮮俳句一萬集』으로 1926년 경성에서 발행되었다. 박노식은 물론이고 1920년대에 하이쿠 창작 활동을 한 여러 명의 조선인을 확인할 수 있다. 다음은 1930년에 간행된 『구집 조선句集朝鮮』인데 이것은 가사가미 시즈노부笠神志都延가 편집하고 경성일보사 학예부가 발행하였다. 이 구집句集은 당시 하이쿠 유파간의 갈등을 지적하며 '각파의 융화·양해 촉진'을 위해 1929년 '전조선 하이쿠대회'를 개최하고 그때 모집된 하이쿠를 집록輯錄하여 간행한 것으로 조선 향토를 담아낸 조선의 하이쿠를 제시하려고 했고 역시 조선인의 하이쿠도 싣고 있다.

이처럼 한반도는 호토토기스 계열의 주도하에 전국적으로 하이쿠가 활발히 창작되었는데, 단행본 구집으로서 하이쿠 창작에 참여한 조선인이 가장 많이 확인되는 것은 『조선하이쿠선집朝鮮俳句選集』(北川左人, 『朝鮮俳句選集』, 靑壺發行所, 1930)이라 할 것이다.

한편 한반도 하이쿠 계열의 범주와 영역은 하이쿠 전문 잡지들을 통해 알 수 있다. 당시 한반도 각지에 많은 하이쿠 잡지들이 있었는데 이중 호토토기스 계열의 잡지만 하더라도 경성, 부산, 목포, 평양, 광주, 신의주, 대전, 대구 등에서 잇따라 간행되었다. 그리고 경성 육군촌陸軍村을 중심으로 하여 간행된 호토토기스 계열의 잡지 『오치쓰보落壺』가 1926년부터 10년간의 모집구를 집대성하여 1936년 발간한 단행본 『오치쓰보 구집落壺句集』에도 조선인 하이진이 확인된다. 특히 경성의 『풀열매草の實』는 1940년까지 간행된 한반도 최장수 하이쿠 잡지였다. 1933년 10월호부터 원본이 확인되는데 이를 통해 조선인 하이진의 존재와 활약상을 알 수 있다. 『풀열매』에는 1933년부터 1936년까지 문혜련, 이순철, 김윤석, 허담, 곽연자 등의 작품 활동이 포착된다.

문혜련은 평양을 근거지로 한 여류 작가로 「부인잡영婦人雜詠」과 「초심자 연구란」 등에 투고를 한 것으로 보아 1933년 무렵은 하이쿠 투고가 시작된 지 얼마 되지 않았던 것으로 보인다. 1933년 11월에 선발된 그녀의 하이쿠는 '여성 박노식'이라 해도 손색이 없다는 호평을 받는데 아쉽게도 1934년 2월 이후에는 투고가 확인되지 않는다. 사생적 구를 발표한 이순철은 개성을 근거로 한 하이진으로 1934년 3월까지 투고가 확인되며 별도의 구제에도 응모하여 선발되는 등 비교적 꾸준히 하이쿠 창작을 하였다. 온돌과 벽장 등 조선인 가옥에서의 겨울 생활을 실감 있게 표현한 김윤석은 「체신 하이쿠회遞信俳句會」의 회보란에 등장하는 것으로 보아 경성의 체신국 관련 종사자였던 것으로 보인다. 그는 하이쿠에 관련된 산문을 게재하기도 하며 상당한 일본어, 영어 구사능력을 보였고 마사오카 시키의 기일에 행해지는 구회에도 참여하고 있다. 곽연자는 청주를 근거지로 하여 1934년 5월호부터 역시 거의 빠지는 일 없이 매호 하이쿠를 게재하였는데, 대단히 사생적이고 마치 인상파 계열의 그림을 보는 듯한 하이쿠를 선보였다. 허담은 평양에 거주한 사람으로 1934년 3월에 신년 신문에 자신의 구가 실린 감격을 하이쿠로 발표하고 이 구를 높이 평가 받은 이후 지속적으로 선발된 것이 확인되는데, 부벽루, 영명사, 모란대, 기린굴 등 평양의 명소를 소재로 한 하이쿠가 눈에 띈다.

이 외에도 1930년대 중반의『풀열매』에는 평양의 허석천, 전갑인, 경성의 김용태, 청진의 박영국, 추풍령의 곽한동의 하이쿠도 보이지만 단편적 투고에 그치고 있다. 그리고 장봉환, 이영학 둘 다 목포를 근거로 박노식의 후예 하이진으로서 일본 내지의 잡지『호토토기스』에 하이쿠를 투고하고 선발되며 대표적 조선인 하이진으로 인식되었는데, 이들이 한반도에서 발표한 하이쿠는 아직 많이 확인되지 않는다.

## 3. 중일전쟁 전후후터 1940년대 전반

1930년대 중반까지 유파별로 다양한 발전상을 보이던 단카 문단과 하이쿠 문단은, 중일전쟁이 발발한 1937년부터 태평양전쟁으로 전황이 확대되고 시국이 혼란스러워지면서 폐색 상황에 접어든다.

## ▌단카

우선 하이쿠 장르의 박노식과 비교하면 시기는 상당히 늦지만 식민지 조선인으로 단카에서 1930년대 후반 가장 두드러지는 창작활동을 한 가인은 김석후金錫厚였다고 할 수 있다. 왜냐하면 김석후는 한반도에서 간행된 가장 유력한 단카 전문 잡지인『진인眞人』에 창작 단카를 지속적으로 게재한 유일한 조선인 가인이기 때문이다. 『진인』은 1924년 경성에서 호소이 교타이細井魚袋가 이치야마 모리오와 함께 창간한 단카 전문 잡지로 1930년대에 점차 도쿄로 발행 기반을 옮겨 1938년 이후에는 내지 일본의 단카 잡지로 성장하였으며 1962년까지 간행되었다. 김석후는 1936년부터 1939년에 이르기까지 단카를 단속적으로 게재하였는데, 그 중 1936년에 게재한 단카들은 이듬해 1937년 진인사 설립 15주년을 기념하여 기획된『가집 조선歌集朝鮮』에 일부 수정되어 열세 수가 실렸다. 이 가집에는 조선과 만주에 거주하는 진인사우眞人社友 약 90명이 참여했는데, 유일한 조선인 작가로서 김석후의 단카가「소와 아동牛と童兒」이라는 가제歌題로 나열되었다.

김석후라는 인물의 정보는 찾기 어렵지만, 그의 일련의 단카들을 통해 그의 신상 정보와 조선인 가인으로서의 술회를 읽어낼 수 있다. 그는 삼 년 만에 전직장인 평양의 도서관을 방문하고 아는 직원들이 없어 서운했던 심정, 그리고 선생님이 되어 교단에 서서 아이들을 대하는 마음을 단카로 표현했고, 1937년에는 부산항을 떠나 일본에 가게 되었고 삼형제를 모두 떠나보낸 노모에 대한 그리움과 걱정을 통해 향수적 정서도 그려냈다. 전쟁이 격화되는 중에 일본에서 조선인 교사로 지내던 그는 생활에 대한 고민과 흉흉한 현실을 토로하였다. 김석후의 단카에 대해서는 '심경을 이해하기 어렵지 않다'고 동감하거나 '고향에 대한 생각 (…중략…) 그 음영을 당신(=김석후) 가슴에서 선명히 포착해' 달라는 요청을 하기도 하며, '자기 시경詩境을 상당히 깊이 노래해내는 데에 성공'한 가인이라는 진인사 측의 비평이 보인다. 요컨대 몇 년에 걸쳐 발표된 김석후의 단카에서는 한 조선인의 문학적 궤적과 산문 표현 못지않은 정보 및 감정의 질곡을 읽어낼 수 있어 매우 인상적이다.

『진인』을 근거로 한 조선인 가인 김석후가 단카 창작의 대표적 인물이라고는 할 수 있으나, 다른 단카 잡지들에도 조선인 가인들의 활동이 있었던 것을 알 수 있는 자료가 있다. 『시라기누新羅野』라는 잡지의 현존본에도 조선인의 단카가 보이고, 또 『히사기久木』 계열에도 1930년대 후반에는 조선인이 참여했던 것으로 추측된다. 히사기 계열이 중심이 된 1938년 경성 현대조선단카집간행회 간행의 『현대조선단카집現代朝鮮短歌集』은 중일전쟁의 발발을 맞아 이 전쟁에 나선 황군장사들에게 바칠 목적으로 조선가단의 각 결사의 찬동을 얻어 만들어진 것이다. 이러한 간행 취지 때문에 이 가집은 동아시아의 전쟁의 소용돌이 속에서 조선가단에서 단카의 지향성이 크게 변한 것을 보여주고 있다. 『현대조선단카집』에는 86명의 가인 중 김추실金秋實과 이순자李順子라는 두 명의 조선인 가인이 확인된다.

권말에 가인들에 대한 간단한 프로필이 보이는데, 이 가집에 다섯 수를 게재한 김추실은 본명이 두룡斗龍으로 경성에 거주하고 직업은 약방 점원이라고 되어 있으며, 여섯 수를 게재한 이순자는 만주의 신징新京에 거주하고 직업은 미상으로 기록되어 있다. 이들의 단카에는 조선인으로서의 특징이 부각되는 단카라기보다는 '일장기'나 '애국행진곡'과 같이 전쟁과 일본에 대한 충성심을 상징하는 흔한 소재를 사용하여 총후銃後의 생활상과 전황에 대한 관심을 표현하여 전형적 전쟁 단카를 구사하고 있다.

전쟁이 격화되는 1940년대에 들어서면 결국 시가 잡지도 통합에 관해 협의가 이루어져 1941년 6월 총독부 당국의 명령으로 발행 중인 문예잡지는 모두 폐간하게 되고, 단카의 경우에는 국민총력조선연맹문화부 지도하에 7월에 국민시가연맹이 결성되어 시 장르와 통합되면서 9월 조선 유일의 시가잡지『국민시가國民詩歌』가 창간되었다. 이러한 시국에 일본식 이름이 아닌 조선인의 이름으로 단카 활동을 한 가인들은 김인애, 한봉현, 남철우, 최봉람 등이다. 한봉현의 경우『국민시가』에는 단카가 한 수밖에 보이지 않으나 그 이전인 1940년에 간행되었던 단카 전문 잡지『아침朝』에도 세 수가 게재되어 있다.『아침』은 1940년 10월에 발행된 제1권 제8호만 현존본으로 확인되는 단카 잡지로 경성의 매일신보사에서 인쇄하고,『진인』에서 큰 활약을 한 바 있는 미치히사 료道久良가 발행하였다. 외지 조선에서의 "문화생활 향상"을 위해 간행된 잡지로 창작 단카와 단카 연구논문이 위주이며, 경성 진인사의 맥을 이은 경향을 가지므로 한봉현도 경성 진인사에서 활동하다 국민시가연맹에 가입하게 된 조선인 가인으로 보인다.

이 시기에 가장 많은 단카를 남긴 가인은 김인애로, 그녀는 『국민시가』에 1941년부터 1년에 걸쳐 단카를 비교적 꾸준히 게재하였다. 김인애는 게재 단카에 대해 '이 작자는 좋은 점을 지니고 있다. 자꾸 실작을 해내가야 한다'는 호평을 받았고, 12월호에도 역시 단카가 수록되어 1940년대를 대표하는 조선인 여류 가인이었다고 할 수 있지만 자연을 읊은 경향이 강하여 시국을 감지하게 하거나 현실적 감회를 토로한 측면을 잡기는 어렵다.

그런데 태평양 전쟁시기 『국민시가』 1942년 8월호에는 남철우와 최봉람의 단카에서는 실로 친일 단카라고 할 만한 내용이 보여 일본이 벌이는 태평양전쟁에 적극 협력하는 내용을 고스란히 담아내고 있다. 이러한 단카들을 끝으로 한반도에서 간행된 가집과 단카 잡지 내에서는 조선인들의 단카 작품이 더 이상 확인되지 않는다.

2015년 본 편역자는 동료 연구자들과 팀을 이루어 『국민시가』의 현존본 6권을 완역하여 연구서와 함께 간행하였으므로 일제 말기의 한반도 일본어 시가문학의 구체상은 해당 역서와 연구서를 참조하기 바라는 바이다.

## ▎하이쿠

그럼 하이쿠 쪽은 어떠할까? 1937년 중일전쟁에 돌입하고 전쟁이 장기화되면서 점차 한반도에서의 문예활동은 엄중한 상황을 맞이

한다. 1930년대 중반부터 한반도에서도 호토토기스 계열과 신흥 하이쿠 계열과 거리를 두며 중립적 입장을 견지한 샤쿠나게石楠 파가 세력을 점차 확대하여 1934년 조선샤쿠나게연맹朝鮮石楠聯盟이 결성되고 그 하이쿠 기관지『장승長栍』이 1935년 1월부터 1940년 12월까지 매우 충실한 형태로 간행되었다. 샤쿠나게 계열의 조선인 하이진으로는 임규목이 가장 눈에 띄는 창작 활동을 했으며『장승』에 1938년부터 1939년까지 경북 임포林浦의 박문규, 김병준, 경성의 홍종유, 이태호, 한칠성 등이 등장한다. 이들의 하이쿠에서 볼 수 있듯이 석남파가 주장하는 '진정まこと'의 중시와 '순정 하이쿠'적 경향을 충분히 반영한 하이쿠를 창작하였고, 중일전쟁이 격화되면서 병사와 그를 둘러싼 정적인 환경을 묘사하여 소극적이나마 전쟁을 소재화하기도 하였다. '조선 풍물자연의 진실경境과 향토색, 지방색을 개척'한다는 사명으로 성립된 조선샤쿠나게연맹은 향토 하이쿠가 '특성을 신장하는 것이 조선 하이쿠의 생장'이자 '내지와의 유일 진정한 연계'임을 강조하였고, 샤쿠나게 파 조선인 하이진도 이에 부응한 작구 활동을 했다.

1940년대에 들어서면 결국 조선의 하이단도 문예잡지의 폐간을 받아들이고, 1941년 다카하마 교시의 조선방문을 계기로 조선하이쿠작가협회朝鮮俳句作家協會를 결성하여 한반도의 유일한 하이쿠 기관지『빨래방망이水砧』가 창간된다.『빨래방망이』에서 활약한 조선인 하이진으로 회녕會寧의 이순철, 목포를 근거지로 한 의성誼城 이영학, 경성 윤계원, 평양의 허담 등이 있다. 이 중 이순철과 허담 등은『풀열매』에서 활동한 경력이 있는 인물들인데 창씨개명 등의 복잡한 상황이 있음에도 불구하고 1940년대 하이쿠 창작에 참여한 조선인의 실상을 알 수 있다는 점에서 주목할 만하다. 호토토기스 계열의 주도에 의한 통폐합에 기인하겠지만, 주로 자연영 하이쿠로 조선인의 유니크한 시각이나 포착점 등은 찾기 어렵고 전쟁 하이쿠, 친일 하이쿠라 부를만한 작품 또한 거의 없다.

한반도 가단과 하이단의 성장세 속에 1930년대에는 유파별 경합이 전국적으로 광범위하게 이루어졌지만, 1930년대 후반부터 중일전쟁과 태평양전쟁으로 확산되는 전쟁의 장기화에 기존 문예 잡지는 폐간을 맞고 1941년 각 장르별로 통폐합되어 일원화되었다. 요컨대 중일전쟁 이후부터 1940년대 전반에도 조선인 작가들은 일본 전통시가를 적극적으로 창작하였는데, 이는 크게 두 가지 경향으로 대별할 수 있다. 첫째는 그 이전의 작품과 마찬가지로 조선의 자연과 풍경 그리고 일상사와 풍속을 서정성 높게 노래하는 흐름, 둘째는 당시 중일전쟁과 태평양전쟁을 맞이하여 전쟁과 황국식민화 정책에 적극 호응하여 국책문학성을 강하게 띠는 작품으로 이동해 간 흐름이다.

## 4. 조선인의 단카, 하이쿠 연구의 향후 과제

이상 한반도에 있어서 일본의 전통시가 장르를 전국적인 문단이 확고하게 형성되지 못한 상태에서 일본어 종합잡지의 문예란을 통해 단카, 하이쿠 등이 발표되는 시기, 1920년대 이후 일본의 주류

문단과 연계하면서 한반도에 가단, 하이단 등 전국적인 문단이 형성되면서 전통시가 전문잡지와 단행본 작품집이 간행되는 시기, 중일전쟁 이후 조선 문화와 조선적 일본 전통시가를 지향하던 작풍에서 시국에 편승하여 전쟁찬미와 전의戰意 고취를 목적으로 하여 국책문학으로 나아가는 세 시기로 대별하여 정리해 보았다.

그러나 일본 전통시가 전문 잡지나 작품집에 실려 있는 조선인 작가의 전기적 사실이나 문단에 있어서의 역할 등 기본적으로 규명되지 않은 점이 아직 산재한 것 또한 사실이다. 그렇기 때문에 하이쿠, 단카, 센류 등 장르별, 시기별로 조선인 작가의 위치와 역할은 물론 이들 작풍에 대한 치밀한 접근이 필요하며 이것이 재조일본인과 '내지' 중앙문단의 작풍과 어떻게 동일성을 확보하고 있는지, 차이성은 무엇인지에 대한 상세한 규명은 후속 과제라 할 것이다.

『조선인의 단카短歌와 하이쿠俳句』 출처 목록(한반도 간행 단행본과 잡지)

■ 가집歌集

―『山泉集』末田晃編 久木社 1932.

―『朝鮮歌集』三井實雄編 朝鮮歌話會 1934.

―『朝鮮風土歌集』市山盛雄編 朝鮮公論社 1934.

―『歌集朝鮮』道久良編 眞人社 1937.

―『現代朝鮮短歌集』末田晃外編 現代朝鮮短歌集刊行會 1938.

■ 단카 잡지歌誌

―『新羅野』第一卷第九~第二卷第七號, 新羅野社 1929.10.~1930.7.

―『歌林』第二卷第一號 小西善三編 朝鮮新短歌協會 1934.12.

―『眞人』第十四卷第七號~第十七卷第十二號 眞人社 1936.7.~1939.12.

―『朝』第一卷第八號 道久良『朝』發行所 1940.8.

―『國民詩歌』創刊號~第二卷第八號 道久良編 國民詩歌發行所 1941.9.~1942.8.

■ 구집句集

―『朝鮮俳句一萬集』戶田定喜編 朝鮮俳句同好會 1926.

―『金剛句歌詩集』成田碩內 龜屋商店 1927.

―『朝鮮俳句選集』北川左人編 靑壺發行所 1930.

―『句集朝鮮』笠神志都延編 京城日報社學藝部 1930.

―『朝鮮女流俳句選集』海地福次郎編 句集刊行會 1935.

―『落壺句集』後藤鬼橋・大石滿城編 落壺吟社 1936.

■ 하이쿠 잡지句誌

―『山葡萄』第十一卷第二號 江口元衛編 山葡萄發行所 1937. 2.

―『草の實』通卷第五七號~第八十號 横井時春, 菊地武夫編 草の實吟社 1934.5.~1940.7.

―『長栍』第一卷第七號~第六卷第十二號 西村省吾編 朝鮮石楠聯盟 1935.7.~1940.12.

―『水砧』第一卷第一號~第四號 菊池武夫編 朝鮮俳句作家協會 1941.7.~10.

# 조선인의 단카短歌와 하이쿠俳句

초판 인쇄   2016년 3월 14일
초판 발행   2016년 3월 24일

편역자   엄인경
펴낸이   이대현
편 집   권분옥
펴낸곳   도서출판 역락
주 소   서울시 서초구 동광로 46길 6-6 문창빌딩 2층
전 화   02-3409-2060(편집부), 2058(영업부)
팩 스   02-3409-2059
등 록   1999년 4월 19일 제303-2002-000014호
이메일   youkrack@hanmail.net

정 가   15,000원
ISBN   979-11-5686-306-9 93830

이 도서의 국립중앙도서관 출판예정도서목록(CIP)은 서지정보유통지원시스템 홈페이지(http://seoji.nl.go.kr)와 국
가자료공동목록시스템(http://www.nl.go.kr/kolisnet)에서 이용하실 수 있습니다.(CIP제어번호: CIP2016006871)

助成   日本万国博覧会記念基金
Supported by the Japan World Exposition 1970 Commemorative Fund
公益財団法人   関西·大阪21世紀協会

본서는 정부(교육과학기술부)의 재원으로 한국연구재단
의 지원을 받아 수행된 연구(NRF-2007-362-A00019)임.